# DEDICATÓRIA

Esse livro é dedicado a você que está prestes a embarcar conosco nessas páginas. Obrigada por mais esse sonho que vamos viver juntas!

E também ao vovô João, que tanto nos amou e hoje vive feliz para sempre em nossos corações.

Nosso amor e nossa saudade são infinitos.

# SUMÁRIO

| | |
|---|---|
| 9 | HOJE É DIA DE LIVRO! |
| 15 | PRAZER, MARIAS! |
| 29 | MARIA EDUARDA X MARIA CLARA |
| 37 | SEGREDOS DE BFF |
| 46 | NASCE UM CANAL |
| 55 | TOP VÍDEOS |
| 73 | UMA BRINCADEIRA POR DIA |
| 83 | LUZES, CÂMERAS, AÇÃO! |
| 97 | CANTE COM A GENTE |
| 107 | A HORA DO TCHAU |

## COMO É SUA LETRA? ESCREVA SEU NOME AQUI!

# introdução

## HOJE É DIA DE LIVRO!

*Oi, genteeee!*

Aqui no nosso livro, essa letra fofinha vai ser a da Duda!

*Tudo bem?*

E essa outra, vai ser a da Clara, combinado?

> Nossa, estamos tão animadas com esse livro! A gente não via a hora de dividir com você esse sonho!

> Nossa, Duda, posso falar? Eu estava muuuuuito ansiosa!

> Eu também estava, Clara! Em contagem regressiva para esse momento!

> Vamos nos divertir muito com esse livro, gente!

> Vamos mesmo! Dá pra acreditar que conseguimos trazer toda a diversão do nosso canal, Hoje é Dia de Marias, para essas páginas lindas e coloridas?

> Falando assim, não dá pra acreditar, Duda...

> É, parece impossível, mas daqui a pouco, você vai mergulhar nessa aventura e descobrir que nosso livro é diversão do começo ao fim!

> Eu acho que é o livro mais legal de todos os tempos!

> Nós somos suspeitas, mas eu concordo com você, Clara! Nosso livro ficou muuuuito legal!

> O que eu mais gosto nele é que tem um pouquinho de tudo: do canal, da nossa família, das nossas brincadeiras preferidas... Tem um montão de coisas que não mostramos nos vídeos!

> E tem também muitas brincadeiras e ideias pra você se divertir pra valer. Não é só mais um livro de história, é muito mais do que isso!

> Muito mais! É quase um Manual Secreto da Diversão Sem Limites!

> Por que secreto, Clara?

> Ué, porque a gente contou vários segredinhos, desses que só falamos para melhor amiga, não foi? Tem coisas minhas aqui que só você, a mamãe, o papai e o maninho sabiam...

> Verdade! Se você está lendo isso, é porque você faz parte das nossas melhores amigas, é tipo da família mesmo! 💜

> Então, antes de começarmos, que tal você postar uma foto com seu mais novo livro preferido, usando a hastag #livrodasmarias? A gente vai amar!

> Clara, acho que já falamos demais, é hora de dar o play na diversão!

> A contagem regressiva tá acabando, Duda:

# 3, 2, 1,
# VEM COM A GENTE!

# capítulo 1

## PRAZER, MARIAS!

Duda, fiquei pensando na melhor forma de começarmos esse livro e acho que tive uma boa ideia...

E qual seria essa ideia, Clara?

Vamos começar do comecinho, de quando você nasceu?

Nossa, faz tempo, né? Mas antes de eu nascer, a mamãe e o pai se conheceram e começaram a construir nossa família. Quem está chegando ao canal agora pode achar que eu sou a filha mais velha – ou que somos gêmeas, mas nós temos um irmão de 18 anos!

Isso mesmo, gente! Nós somos três! Primeiro chegou o maninho, depois a Duda e, por último, euzinha!

O maninho não gosta de aparecer nos vídeos e nem de tirar fotos, coisa que eu e a Clara A-DO-RA-MOS, mas ele é um irmão incrível e faz qualquer coisa por nós duas!

Eu amo muuuuito meu irmão! Ele brinca de montão com a gente e é supercarinhoso. Ele até nos chama de princesas! Melhor impossível, né?

A Clara tem razão, o maninho é demais! Somos grudadas com ele. E olha que temos uma diferença grande de idade. Quando eu nasci, ele já tinha nove anos!

Nossa, Duda... Ele tinha a sua idade, então! Nunca tinha pensado nisso! Será que ele ficou com ciúme com a chegada de um bebezinho, no caso você?

Que nada, Clara! A mamãe disse que ele nunca teve ciúme da gente, pelo contrário, desde pequeno, ele já cuidava de nós! Isso é tão fofo! ♥

E a gente também não tem ciúme uma da outra! Somos muito amigas e adoramos estar juntas. Posso contar um segredo?

Conta, Clara! A gente prometeu contar tudinho nesse livro!

Você é minha melhor amiga, Duda! ♥

Ahhhhh, você também é a minha! E todos os quatro milhões de amigos do canal também têm um lugar mais que especial no nosso coração!

Você que está lendo esse livro agora, você é muito importante para a gente, viu?! Obrigada por estar ao nosso lado em mais essa aventura!

Nós amamos você! ♥

Falando em amor, estou me lembrando de uma pessoa que tem um espaço gigante no nosso coração...

Ai, eu também! Será que estamos pensando igual?

Eu acho que sim!

# VOVÔ JOÃO! ♥

O vovô João é avô da mamãe, ou seja, é nosso bisavô. Ele era tão incrível. Acho que o vovô sentia por nós o maior amor do mundo! Lembra quando a gente entrava todos juntos na rede e aí ele fechava em cima e a gente ficava doida pra encontrar a saída?! KKKK. E dos Natais na casa dele? Chegava outubro e ele já começava a contar na folhinha quantos dias faltavam pra gente chegar! Era tão divertido... Clara, você está chorando?

Snif, snif... É que eu sinto muita saudade do vovô! Ele marcou demais a nossa vida... Ele voltava a ser criança para brincar com a gente. Eu queria muito que ele estivesse aqui, vivendo esse sonho ao nosso lado...

Eu também... Mas ele está sempre ao nosso lado! Esse livro tem muito do vovô, o canal tem muito do vovô... Ele está presente em tudo o que a gente faz, porque ele é parte de quem somos hoje e será parte de quem seremos no futuro. Esse amor permanece e nos ajuda a realizar nossos sonhos! Por isso, eu acho que o vovô nos ajudou a chegar até aqui! Essa conquista também é dele!

Que lindo isso, Duda! Você tem razão! Acho que o vovô está muito orgulhoso, né?

Com certeza! O vovô adorava ver nossa família unida. E essa é uma coisa que não falta por aqui. União! A gente vive grudado!

Nós duas, então, nem se fala! A gente faz tudo juntas! Parece coisa de gêmeas!

Acho que quanto mais as pessoas nos conhecem, mais elas percebem o quanto somos parecidas, por mais que a gente tenha personalidades diferentes!

Que confuso isso, Du! Mas sabe que faz todo sentido pra mim? E aposto que daqui a algumas páginas, vai fazer para você também! ;)

# MURAL DE FOTOS ESPECIAIS

Além do vovô João, temos mais um monte de pessoas especiais em nosso caminho! Nessas fotos você vai poder conhecer algumas delas! Olha só quanta gente linda! ♥

Beijinho na vovó Sônia

Papai e vovô Ilton!

Tia Mari e a priminha Lays

Abraço de Marias no nosso priminho Rian!

Nosso querido vovô Francisco

Papai, bisa, Duda bebê e vovó!

Nossa BFF Nicole Dumer, do canal Nicole Dumer, com seus superpais!

Nosso BFF Arthur HB, do canal Arthur HB, e seus pais Beto e Jéssica

Selfie com papai e mamãe! Amor infinito <3

Eles são os caras! Maninho e papai.

Maninho com 10 anos e Duda com 2 anos

Clara, com 3 aninhos

Duda, com 4 aninhos

Marias e suas bebês!

Você não achou que ia ficar de fora desse mural de pessoas especiais, né? De jeito nenhum! Essa página é pra você colar sua foto preferida, ou fazer um desenho bem bonito! E pra gente ver como ficou, é só postar com a #LivrodasMarias, combinado?

COLE SUA FOTO AQUI!

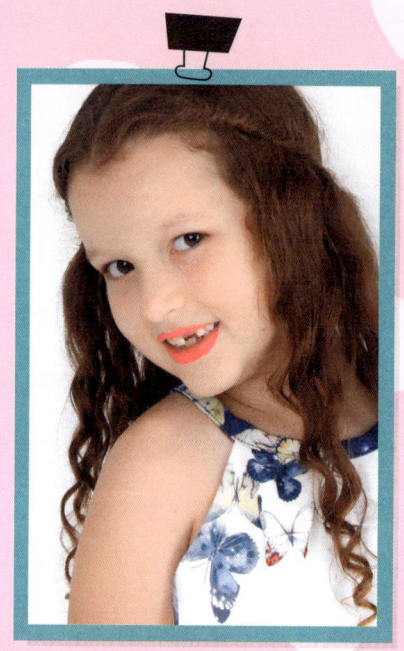

## A CLARA É:

Muito fofa, divertida e moleca. Para a Clara, não tem tempo ruim! Ela ri de tudo, está sempre pronta para brincar e vê diversão em qualquer coisa! É impossível dizer não para a Clara, porque ela tem um jeitinho muito cativante. Eu tenho um amor muito grande por ela!

## A DUDA É:

A irmã mais legal do mundo! Eu adoro o estilo dela, eu adoro tudo o que ela faz. Eu gosto de fazer qualquer coisa com ela; sem ela não tem graça. Mas, o que eu mais gosto na Duda, é a alma! Ela é boa, estudiosa, inteligente... Eu amo a Duda!

# PASSATEMPO

Quantas sombras misturadas! Você consegue encontrar nessa confusão a sombra correta de cada uma das MARIAS?

Resposta: sombra correta A e F.

# capítulo 2

## MARIA EDUARDA X MARIA CLARA

Agora é a hora da verdade, Clara! Temos uma superenquete para responder e descobrir se somos mesmo tão parecidas assim!

Isso é muito legal! Mas não vale espiar as respostas da outra, hein?

Ahhh, olha só quem fala! Eu nunca quebro as regras!

É verdade, você faz tudo certinho! Mas eu prometo que não vou espiar.

Então, vamos lá: tá valendo!

# MARIA EDUARDA

**Nome:** Maria Eduarda
**Apelidos:** Duda, Dudinha, Duduti e Du
**Idade:** 9 anos
**Nasci em:** 10/10/09
**Signo:** Libra
**O que eu gosto de vestir:** cropped e saia rodada de cintura alta ♥
**Meus cantores preferidos:** A Mileninha Stepanienco. Ela tem um canal e suas músicas são muito contagiantes. Eu amo!
**Uma música que não sai do repeat:** A nossa música Meu Primeiro Dia de Aula. Eu canto todo dia!
**Um ídolo tudo de lindo:** Felipe, do Canal Felipe Calixto. Ele mora aqui pertinho da gente e já gravamos vários vídeos juntos! ♥
**Cores favoritas:** vermelho, rosa e roxo
**Não vivo sem:** Deus, minha família, e o meu Canal
**Bichinho de estimação:** A Alice, nossa golden retriever maravilhosa! ♥
**Minha brincadeira preferida:** eu tenho um monte de brincadeiras favoritas. Aqui vão três: esconce-esconde,

slime e LOL

**O que eu quero ser quando eu crescer:** eu quero ser youtuber pra sempre! E eu também quero muuuito ser cantora e bailarina

A foto de que eu mais gosto:

**Eu amo ganhar de presente:** roupas e itens de beleza! Eu amo essas coisas!
**Meu almoço ideal é:** arroz, batata frita e purê. Feijão também, mas só porque a mamãe insiste! KKK
**Um defeito:** sou preocupada demais da conta!
**Filme a que assistiria mil vezes:** Cinderela
**Três palavras que me definem:** amorosa, equilibrada e dedicada
**Fada, princesa ou sereia?** Sereia!
**Desenho animado preferido?** Winx
**O mais legal de ter um canal é:** fazer um montão de amizades e gravar vídeos. E também receber o carinho e os abraços do pessoal
**Meu sabor preferido de sorvete é:** chocolate!
**Se eu fosse um personagem eu seria:** Rapunzel
**Meu brinquedo preferido no parquinho é:** balanço e gangorra
**Eu sonho em viajar para:** Disney!

# MARIA CLARA

**Nome:** Maria Clara
**Apelidos:** Cacaia, Caia, Clarinha e Clara
**Idade:** 8 anos
**Nasci em:** 25/11/10
**Signo:** sagitário
**O que eu gosto de vestir:** vestidos e conjuntos jeans!
**Meus cantores preferidos:** Eu também amo a Mileninha. Ela é minha cantora preferida
**Uma música que não sai do repeat:** Essa é fácil: A melhor música de todas, nossa Dança da Alegria e Amigos Para Sempre!
**Um ídolo tudo de lindo:** Luccas Neto! Ele é tudo pra mim! ♥
**Cores favoritas:** eu gostava de rosa, daí comecei a gostar de roxo e agora eu adoro vermelho, que é a cor que o papai e a mamãe mais amam
**Não vivo sem:** a minha família, os meu amigos do YouTube - já temos mais de 4 milhões
**Bichinho de estimação:** nossa cachorrinha Alice
**Minha brincadeira preferida:** eu amo brincar de pega-pega e na piscina!

**O que eu quero ser quando eu crescer:** youtuber, porque eu amo ter canal. Eu também quero ser bailarina e trabalhar em um salão de beleza!

**A foto de que eu mais gosto:**

**Eu amo ganhar de presente:** brinquedos! Mas o que eu quero mesmo ganhar de presente é mais um cachorro e uma girafa!
**Meu almoço ideal é:** arroz, muito feijão e batatinha frita.
**Um defeito:** comilona! KKKK
**Filme a que assistiria mil vezes:** Matilda — eu amo demais!
**Três palavras que me definem:** divertida, engraçada e comilona!
**Fada, princesa ou sereia?** Sereia!
**Desenho animado preferido?** Winx
**O mais legal de ter um canal é:** fazer muitos amigos! A gente adora o contato com o pessoal que nos assiste! E também conhecer um mundo de gente do YouTube que antes parecia muito distante
**Meu sabor preferido de sorvete é:** morango
**Se eu fosse um personagem eu seria:** Rapunzel
**Meu brinquedo preferido no parquinho é:** balanço e escorrega
**Eu sonho em viajar para:** Disney!

## AGORA É COM VOCÊ!

Nome: ........................................................................................

Apelidos: ....................................................................................

Idade: ........................................................................................
Nasci em: ...................................................................................
Signo: ........................................................................................
O que eu gosto de vestir: ..............................................................
....................................................................................................

Meus cantores preferidos: .............................................................
....................................................................................................

Uma música que não sai do repeat: ...............................................
....................................................................................................

Um ídolo tudo de lindo: .................................................................
....................................................................................................

Cores favoritas: ............................................................................
....................................................................................................

Não vivo sem: ...............................................................................
....................................................................................................

Minha brincadeira preferida: _____

O que eu quero ser quando eu crescer: _____

Eu amo ganhar de presente: _____

Meu almoço ideal é: _____

Um defeito: _____
Filme a que assistiria mil vezes: _____

Três palavras que me definem: _____

Fada, princesa ou sereia? _____
Desenho animado preferido? _____

O mais legal de ter um canal é: _____

Meu sabor preferido de sorvete é: _____

Se eu fosse um personagem eu seria: _____

Meu brinquedo preferido no parquinho é: _____

Eu sonho em viajar para: _____

## capítulo 3

## SEGREDOS DE BFF

> Esse capítulo é um dos mais legais! Passei a semana inteira pensando em coisas divertidas pra contar aqui!

> Eu estou superanimada! Nem dormi direito! Minha cabeça não desligava!

> Eu percebi que você me chutou essa noite! Então você tava acordada, é?

> Não foi um chute, eu só queria saber se você já tinha dormido, ué?!

> Eu estava tentando! KKKKKKKK

> Desculpa, Duda! Mas você sabe que eu não consigo parar quieta quando eu estou empolgada, né?

E como eu sei! Então, vamos começar?

Vamos! A ideia desse capítulo é contar segredinhos nossos pra você, que já faz parte da família e merece saber tudinho!

Só que pra ficar mais divertido, você vai ter que adivinhar de quem estamos falando, de mim ou da Clara... Bora brincar com a gente?

1. "Eu sinto cosquinhas em todo lugar! Minha irmã não pode encostar a mão em mim, que eu já morro de cócegas!"

( ) DUDA ( ) CLARA

2. "Eu não gosto muito de comer carne, mas adoro ovo frito!"

( ) DUDA ( ) CLARA

3. "Um dia, eu estava balançando a minha irmã na rede e, sem querer, derrubei ela no chão! O que fiz depois desse miniacidente? Saí correndo para ninguém saber que tinha sido eu! KKKK"

( ) DUDA ( ) CLARA

4. "A vovó me chamava de 'rezadeira', vivia mexendo nas coisas de orar que ela tinha!"

( ) DUDA ( ) CLARA

5. "Um dos canais do YouTube de que eu mais gosto é Crescendo com Luluca. Eu adoro e poderia passar horas assistindo!"

( ) DUDA ( ) CLARA

6. "Eu não gosto muito de verduras e legumes. Só como brócolis. Eu gosto da arvorezinha, a parte do talinho eu dou pra minha irmã!"

( ) DUDA ( ) CLARA

7. "Eu não gosto muito de comer feijão, mas sei que é um alimento muito importante para a saúde, então, está sempre no meu prato."

( ) DUDA     ( ) CLARA

8. "Eu dou risada o dia inteiro. Da hora que eu levanto até quando vou dormir. Pra mim, a vida é pura diversão!"

( ) DUDA     ( ) CLARA

9. "Às vezes, a mamãe me diz: 'Filha, seja uma criança', porque eu sou muito preocupada e gosto das coisas bem certinhas."

( ) DUDA     ( ) CLARA

10. "Eu estou sempre beliscando alguma coisa! O papai diz que eu vivo roendo! Ainda mais se for um docinho. Quem resiste?!"

( ) DUDA     ( ) CLARA

11. "O nome da minha boneca Our Generation é Lívia. Escolhi esse nome em homenagem a minha prima Lívia Addas."

( ) DUDA     ( ) CLARA

12. "Na escola, minha matéria preferida é matemática. Adoro números!"

( ) DUDA     ( ) CLARA

13. "Sou meio estabanada e vivo ralada de tanto cair."

( ) DUDA     ( ) CLARA

14. "Uma mania: roer unhas!"

( ) DUDA    ( ) CLARA

15. "É bem difícil me deixar chateada porque eu levo tudo na brincadeira!"

( ) DUDA    ( ) CLARA

16. "Uma coisa que me tira do sério: atrasos! Odeio perder a hora!"

( ) DUDA    ( ) CLARA

17. "Apesar de amar gravar vídeos, por trás das câmeras, sou tímida, sabia?"

( ) DUDA    ( ) CLARA

18. "Eu sou bastante estudiosa e comprometida com os deveres do colégio."

( ) DUDA    ( ) CLARA

19. "Minha matéria preferida é português."

( ) DUDA    ( ) CLARA

20. "Minha boneca Our Generation se chama Fabi, porque ela é parecida com a youtuber Fabi Santina."

( ) DUDA    ( ) CLARA

RESPOSTAS:
1-Clara; 2-Clara; 3-Duda; 4-Clara; 5-Duda; 6-Clara; 7-Duda; 8-Clara; 9-Duda; 10-Clara; 11-Clara; 12-Clara; 13-Clara; 14-Clara; 15-Clara; 16-Duda; 17-Duda; 18-Duda; 19-Duda; 20-Duda.

# PASSATEMPO

Troque os símbolos pelas letras correspondentes e descubra um recadinho incrível que as Marias vão contar só pra você!

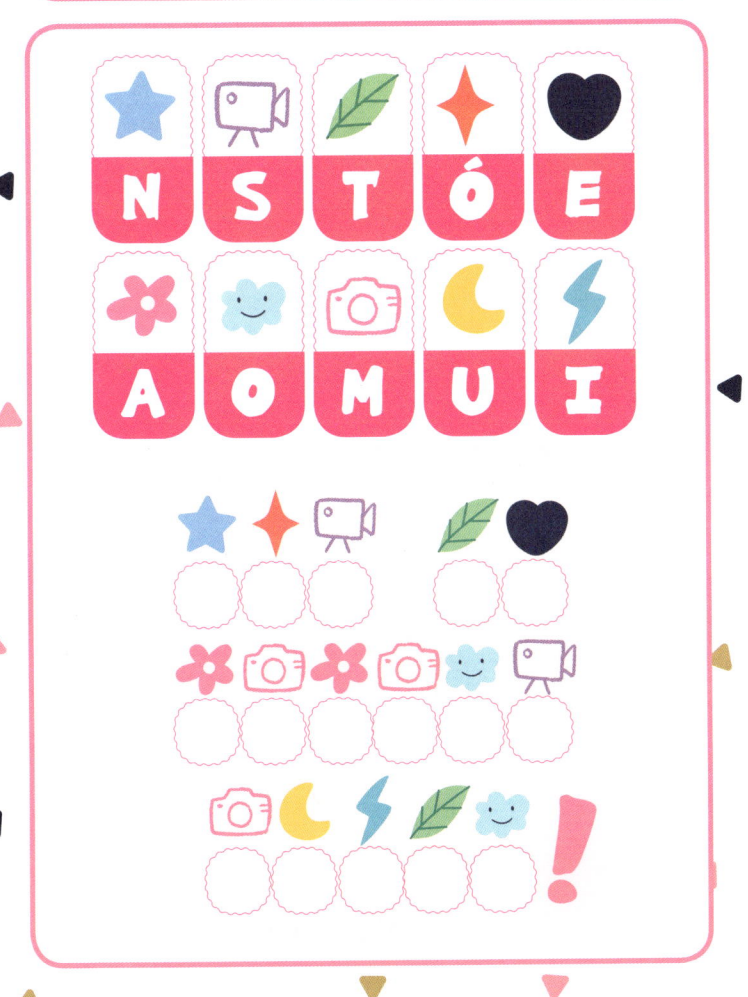

| ★ | 🎥 | 🍃 | ✦ | 🖤 |
|---|---|---|---|---|
| N | S | T | Ó | E |

| ✿ | ☁ | 📷 | 🌙 | ⚡ |
|---|---|---|---|---|
| A | O | M | U | I |

Resposta: Nós te amamos muito!

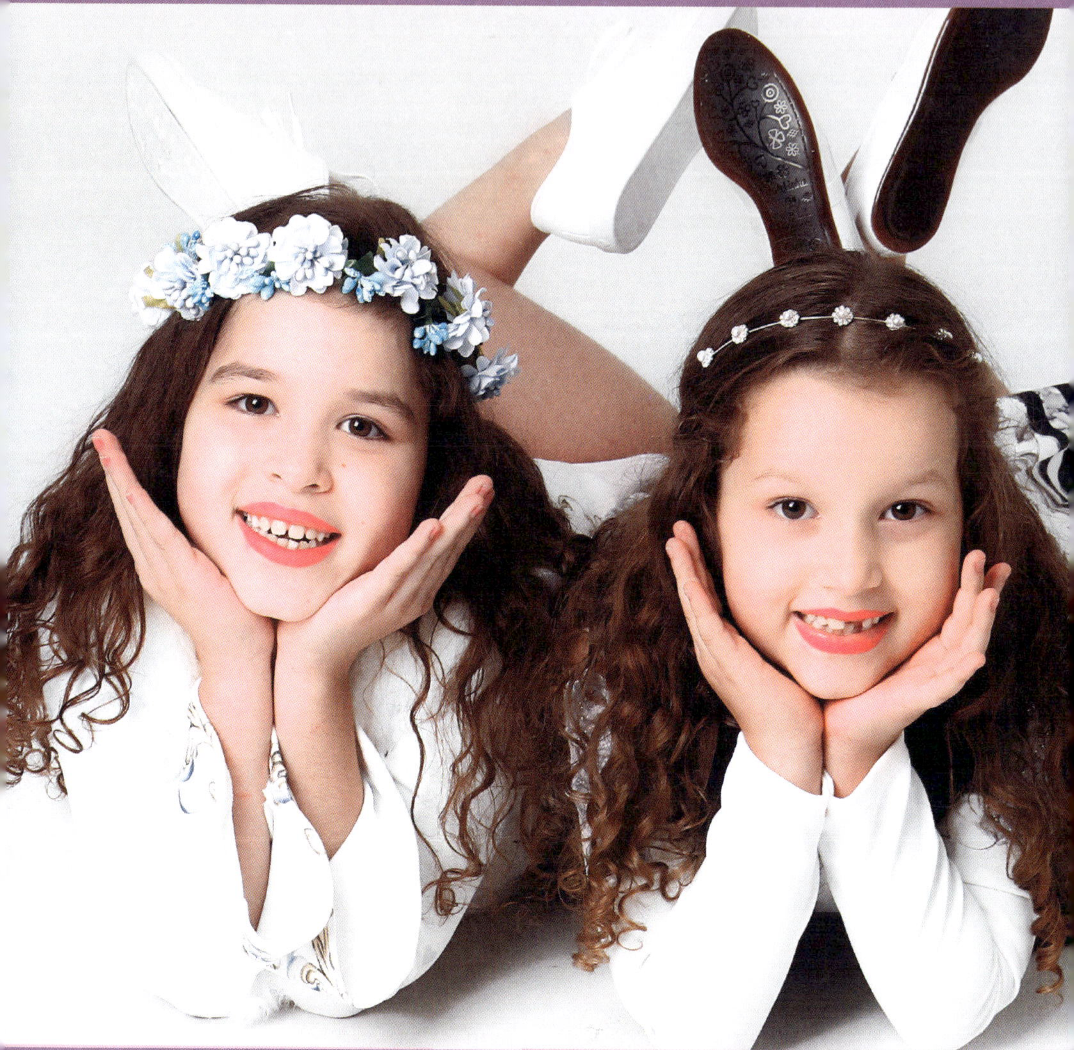

## capítulo 4

## NASCE UM CANAL

Duda, eu estava pensando... Quem diria que nosso canal ia render um livro, né? Isso é muito incrível!

É verdade, Clara! Dá pra acreditar que já faz três anos que nossa história no YouTube começou?

Nooooossa! Passou muito depressa, né? Parece que foi outro dia que postamos nosso primeiro vídeo, você não acha?

Eu acho, sim! Às vezes, eu tenho a impressão de que foi ontem que eu estava assistindo ao canal da Julia Silva, cheia de ideias...

Verdade! Você amava os vídeos da Julia. Ela foi uma superinspiração pra começarmos a gravar... Vamos relembrar essa história? Eu adoro e acho que nossos amigos também vão ficar muito felizes em saber como foi tudinho!

É pra já! Nós estávamos todos jogados em casa, em um típico domingo à tarde. Eu tinha assistido a alguns vídeos da Julia e de repente me veio a ideia: eu queria gravar um vídeo abrindo um *Kinder Ovo* e postar no meu canal! Eureca: eu queria ter um canal!

Ahhh, eu me lembro disso! A gente estava de pijamas e você apareceu superanimada com a ideia, né? A animação era tanta, que ninguém conseguiu resistir! Hahahahha

Hahahaha! É que quando eu coloco uma coisa na cabeça, sou muito persistente! E você sempre apoia minhas ideias, né?!

Claro! Ainda mais uma ideia divertida dessas! Eu não podia ficar de fora! Só que eu era beeem pequenininha ainda!

Mas me deixe seguir com a história: então, a mamãe e o papai toparam e gravamos nosso primeiro vídeo. Foi um vlog simples, gravado no celular, mas foi muito difícil porque a gente não sabia como fazer!

Verdade! No começo a gente ficava com vergonha e não conseguia falar nada! A mamãe tinha que ficar sussurrando o texto pra gente repetir!

Pois é! Além disso, não tínhamos equipamentos, o que também dificultava o processo e a mamãe não sabia muito bem como editar. Então, pensamos, deixa pra lá...

Mas daí tivemos uma grande surpresa, que mudou os rumos dessa história!

E o que aconteceu é que mesmo um vídeo tão simples como esse primeiro começou a interessar as pessoas e a ter visualizações. Resolvemos então gravar mais um...

# MOMENTO QUIZ

QUAL FOI O TEMA DO TERCEIRO VÍDEO QUE AS MARIAS GRAVARAM?

A ( ) Material Escolar
B ( ) Brinquedos
C ( ) Receitinhas

Pra saber a resposta e assistir a esse vídeo direto do túnel do tempo, é só usar o QR Code ou digitar o link: *www.youtube.com/watch?v=cRFN9L4JSwc*

De novo, foi um vídeo simples, nem um pouco profissional e para nossa surpresa e alegria, as pessoas continuavam chegando para nos assistir!

Daí era época de Páscoa e tivemos a ideia de comprar vários ovos para abrir no canal. No começo, a gente não sabia como fazer, não tinha preocupação com a iluminação, por exemplo. Quando a mamãe percebeu que aquilo não era só uma brincadeira, ela e o papai começaram a pesquisar formas de melhorar o canal para nos ajudarem a fazer dar certo!

A mamãe, o papai e o maninho sempre nos ajudaram muito! Sem eles, a gente jamais teria conseguido! Eu preciso dizer que eu amo muuuito eles por tudo isso! <3

Eu também! Nós temos a melhor família do mundo! Mas, lembra que a gente combinou que os agradecimentos vão no fim do livro?

Ops! Verdade! É que eu não consegui resistir! Mas já parei, pode continuar!

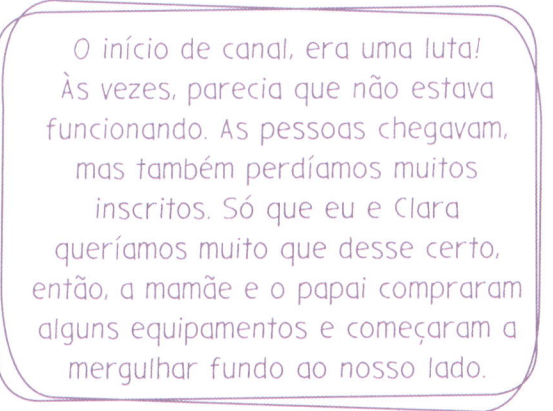

O início de canal, era uma luta! Às vezes, parecia que não estava funcionando. As pessoas chegavam, mas também perdíamos muitos inscritos. Só que eu e Clara queríamos muito que desse certo, então, a mamãe e o papai compraram alguns equipamentos e começaram a mergulhar fundo ao nosso lado.

E devagarzinho as coisas foram acontecendo, né, Duda? Continua a história porque eu era muito pequena e você se lembra melhor!

Deixa comigo, Clara! Nesse momento, quando as coisas estavam engatando, tivemos outra ideia: queríamos gravar um vídeo chocando um ovo de Hatchimals! A Julia Silva e o Felipe Calixto já haviam feito isso e a gente não se cansava de assistir.

Ahhhhh! Esse vídeo é tão especial! Eu amo demais!

Ué, você não disse que não se lembrava direito da história?

Mas essa parte é inesquecível! Eu já vi esse vídeo mil vezes!

## · VALE A PENA · VER DE NOVO

O vídeo do ovo de Hatchimals é muito incrível! Prova disso é que já são mais de 12 milhões de visualizações! Você também já perdeu a conta de quantas vezes assistiu? Não? FALA SÉRIO! Então, use o QR code aqui de cima pra acessar esse conteúdo agora! Ah, e não se esquece de deixar seu like, combinado?!
Link: https://www.youtube.com/watch?v=eCLc2sAC3iO
Ei, não se esqueça de que para usar o QR code você precisa ter o app de leitura no seu celular ou tablet, tá?

Pois é, foi muito difícil gravar esse vídeo! Eu estava triste de verdade porque meu ovo não chocou! O papai e o maninho passaram a noite toda tentando e nada... Eu me senti muito sem sorte...

E no fim, as pessoas se comoveram com a sua dor e o vídeo viralizou! O que parecia azar, foi sorte, Duda! Já parou pra pensar nisso?

**Às vezes, a gente fica um pouquinho triste, para depois ficar muito mais feliz! O segredo é sempre acreditar!**

De onde vem tanta sabedoria, Clara? Que lindo isso! E foi assim mesmo que aconteceu: depois desse vídeo, muitos amiguinhos chegaram ao canal e a gente se animou muito pra transformar a brincadeira em coisa séria.

Mas sem deixar de ser divertido, claro!

A diversão é a parte mais séria do negócio! Mas além disso, começamos a nos preocupar com a frequência, a qualidade dos vídeos, essas questões mais técnicas. E como todo trabalho feito com amor, começou a dar certo! Eu não diria que o começo foi fácil, acho que foi bem difícil até, mas hoje é só diversão!

Hoje a gente respira vídeo! Temos mil ideais malucas por hora! Falando em ideia, acabei de pensar em uma superlegal para o próximo capítulo!

Então, bora lá que a diversão tá só começando por aqui!

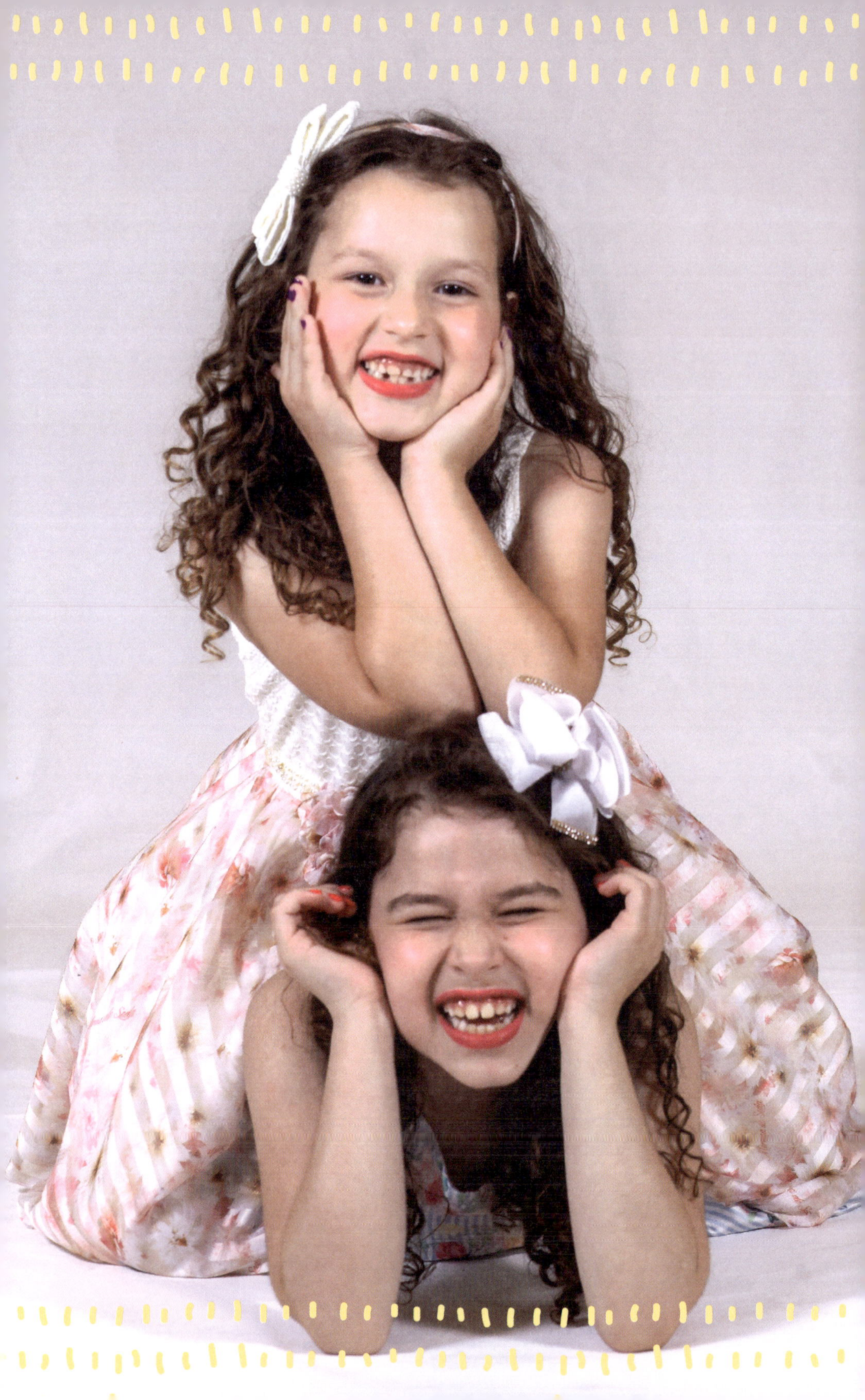

# PASSATEMPO

As Marias precisam se encontrar para gravar um novo vídeo! Desembaralhe os fios e descubra qual deles leva a Maria Clara até a Maria Eduarda!

Resposta: C-1

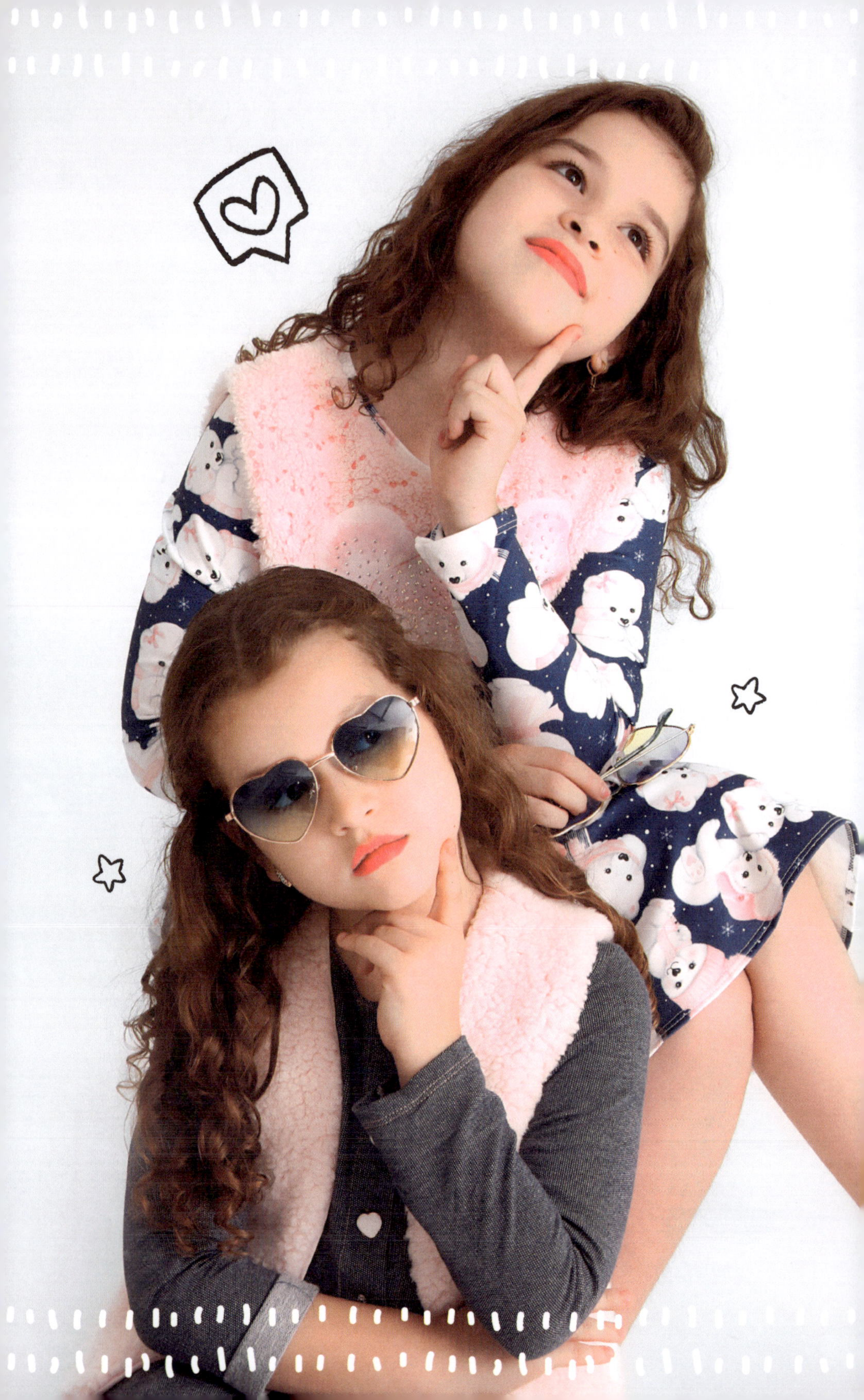

## capítulo 5

## TOP VÍDEOS

Esse é o melhor capítulo de todos os tempos porque vamos falar de uma coisa que a gente ama super: vídeos!

Mas Clara, nesse livro meio que a gente só fala de coisas que a gente ama, não é mesmo?

Eita, é verdade! Sabe o que acontece, eu estou me divertindo tanto, que eu sinto que temos um capítulo melhor que o outro. Tomara que você que está lendo isso concorde comigo!

Ah, eu sinto a mesma coisa! E falando em ficar cada vez melhor, agora é hora de apresentarmos nosso ranking com os 10 melhores vídeos do canal! Estou muito empolgada! Foi superdifícil fazer essa lista!

Então, confira só nossas escolhas e aproveite a chance pra assistir a esses vídeos todos. A gente promete que você não vai se arrepender! Palavra de Maria!

# #10 Tipos de crianças no dentista

Acho que esse é o vídeo que mais fazemos! É muito legal gravar os tipos de criança no dentista"! Os nossos amigos pedem muito esses vídeos! Acho que todo mundo se identifica.

Com certeza você vai assistir aos vídeos e, de repente, vai pensar: "nossa, essa poderia ser eu!"

É impossível escolher o melhor, então vamos deixar o link do primeiro, que já tem mais de 12 milhões de visualizações! E se você amar, você procura os outros no canal! Tem um montão!

LINK: https://www.youtube.com/watch?v=iwYP-OZWxdo

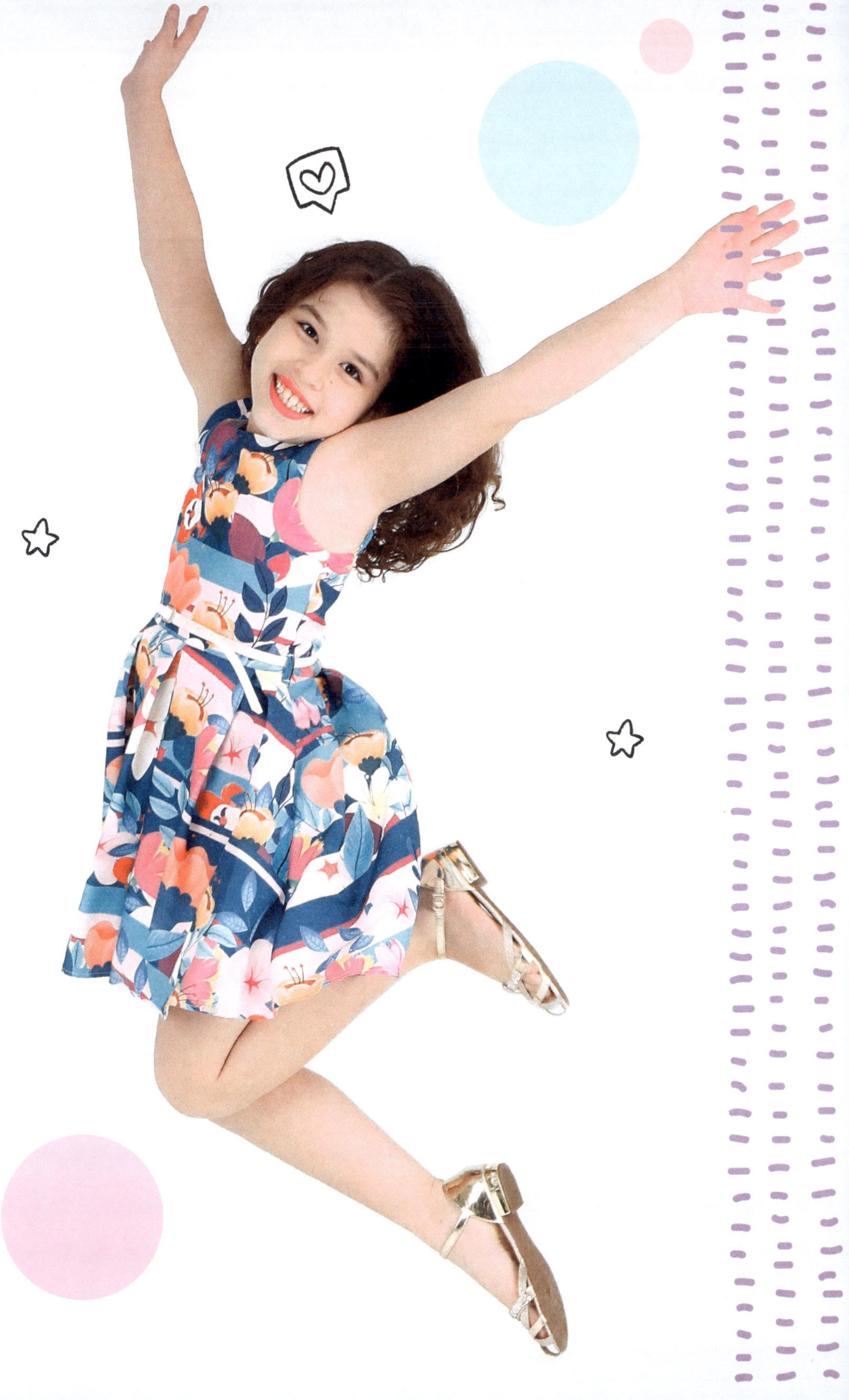

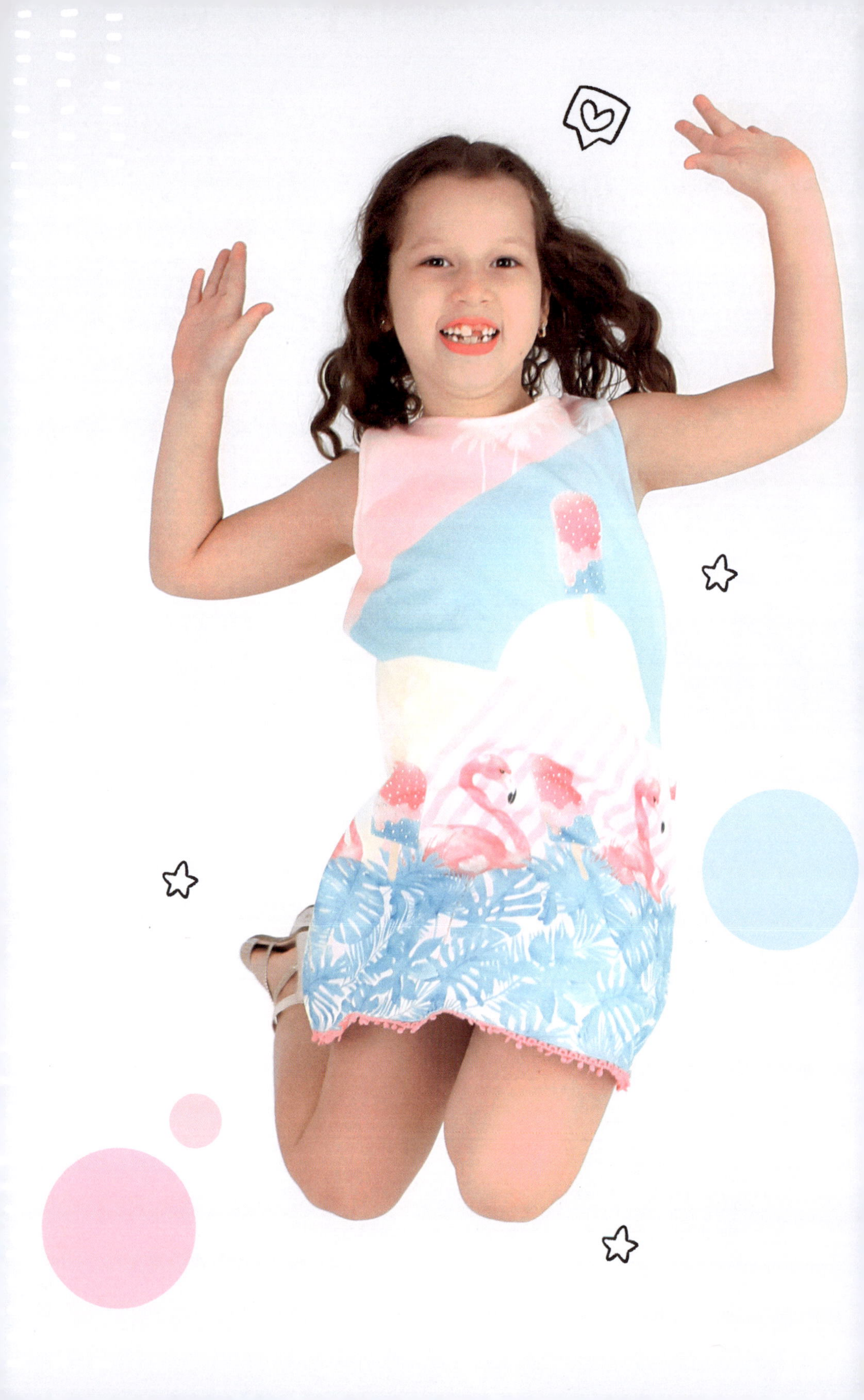

## #9 A menina abanadonada que foi morar na rua

Esse vídeo é uma das novelinhas mais tristes que gravamos para o canal. E você deve estar pensando, porque vamos colocar no nosso ranking de melhores vídeos algo triste, né?

A resposta é que ele traz uma mensagem muito importante para refletirmos. A gente espera que as pessoas o assistam e percebam que as crianças precisam de atenção e de amor para serem felizes.

A gente sempre se emociona quando vê esse vídeo! Melhor você pegar um lencinho antes de dar o play! #ficadica

LINK: https://www.youtube.com/watch?v=IwjWEzqx_R4

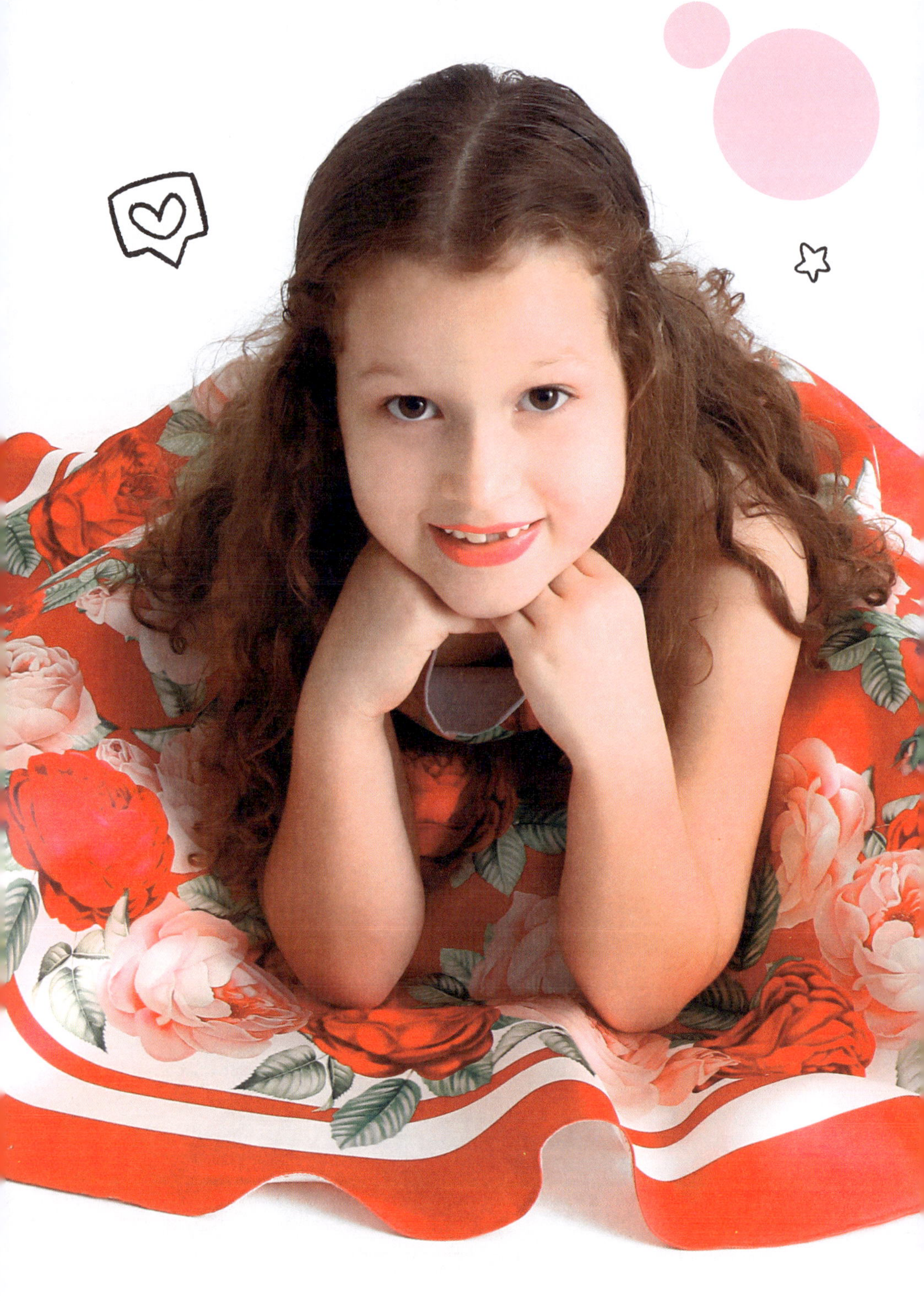

# #8 A menina medrosa

Esse é um vídeo muito engraçado! Nele, a personagem vê a loira do banheiro! Ela fica assistindo a vídeos até tarde, desobedecendo às ordens do pai. E quando menos espera, ela dá de cara com a loira do banheiro!

Esse vídeo deu tão certo, que fizemos várias partes. Depois dele, vieram muitas outras "loiras do banheiro". Uma é mais feia que a outra! KKKK

A gente adora gravar esse tema, mas vou contar um segredo: por mais que a loira do banheiro seja de mentirinha, a gente tem medo de verdade! KKKK

É... Acho que somos um pouco medrosas... Principalmente você, né, Duda? KKKKK

Tá bom, eu sou um pouquinho mais, vai! Mas você pode assistir na tranquilidade, o nosso não dá medo, não!

LINK: https://www.youtube.com/watch?v=KRgzF2VMNZo

## #7 Hora do Terror

Esse vídeo é muito engraçado! A gente nem sabia gravar direito. Eu olhava pra aranha e começava a rir. Eu não conseguia me controlar!

A gente tinha amarrado uma linha na aranha pra fazer com que ela fosse descendo até a Duda, que deveria fingir um pesadelo. Só que ela não conseguia interpretar direito porque ela morria de rir!

Hahahaha! A gente deveria ter usado isso como erros de gravação! Foi hilário! Eu não canso de assistir! Que tal você deixar um comentário, contando pra gente se você morre de rir também?

LINK: https://www.youtube.com/watch?v=4tzqATwOaHg

## #6 Abrindo Boneca LOL Surpresa

Para a posição #6 eu já sei, tá fácil! O dia que a gente abriu nossa primeira LOL! Foi tão divertido! Nunca tínhamos pegado uma LOL na mão e depois desse momento, virou uma febre aqui em casa!

A gente ganhou as primeiras da Poppy, do canal Poppy do TV. Ela mandou seis, lá de Londres! Elas ainda não tinham chegado aqui no Brasil! A gente gravou três vídeos, abrimos duas por vez!

Depois, quando ficou fácil de achar por aqui, até a mamãe e o papai entraram na onda de abrir LOL. A gente comprava para gravar os vídeos e ficava tão curiosa que abríamos antes de chegar em casa! Era muito legal!

LINK: https://www.youtube.com/watch?v=M4JPPg0gBSM

## #5 Tipos de vô VS. tipos de pais

Esse vídeo merece muito uma posição de destaque no nosso ranking! O nosso avô mora lá em Rondônia, então, a participação dele foi mesmo muito especial

Verdade, Clara! Esse foi um momento que marcou a nossa vida! O nosso avô é muito querido!

E todos os nossos amiguinhos sempre falam que adoram esse vídeo!

Foi uma oportunidade muito legal, porque ele mora longe e não conseguimos encontrá-lo todos os dias. Ele é uma pessoa sensacional e a gente se diverte muito quando estamos juntos.

E temos uma curiosidade engraçada sobre esse vídeo: o vovô é pai da mamãe e todo mundo pensa que ele é o pai do nosso papai porque eles fizeram a cena juntos! KKKKK

A gente se divertiu demais gravando esse vídeo! O vovô curtiu cada minuto! Ficou incrível! Foi uma das gravações mais animadas que nós fizemos!

LINK: *https://www.youtube.com/watch?v=TeAFzfv9IE8*

## #4 Por que ficamos sem recreio na escola

Em quarto lugar, escolhemos um vídeo que as pessoas adoraram muito, e que a gente também ama que é "Por que ficamos sem recreio na escola".

Esse vídeo é especial porque ele foi um marco para o crescimento do canal. Logo depois que ele entrou no ar, as coisas começaram a acontecer mais depressa. Os inscritos foram chegando, os números de acessos subindo. Foi um sinal de que estávamos no caminho certo!

Esse vídeo foi tão legal, que gravamos três partes. E posso te contar um segredinho? É uma mais legal que a outra!

LINK: https://www.youtube.com/watch?v=iYiKvh7WiKI
https://www.youtube.com/watch?v=rBdPgLTd2hc
https://www.youtube.com/watch?v=fzVrbR-1y4g

## #3 Desafio do 1 milhão

Em terceiro lugar está o vídeo que gravamos no Ody Park Aquático quando completamos um milhão de inscritos! A gente saiu correndo com o balão, gritando "um milhão"! Foi uma explosão de alegria!

Eu confesso que fiquei com um pouco de vergonha — KKKK, mas a diversão falou mais alto! Foi muito legal gravar esse desafio!

LINK: https://www.youtube.com/watch?v=-sfx8GVKZvY

## #2 Os piores tipos de alunos

Esse foi o primeiro vídeo que gravamos com "tipos de alunos". E foi muito engraçado! A gente gravou mil vezes cada uma das cenas, porque não conseguíamos parar de dar risada — KKKKK.

Nossa! Eu morro de rir sempre que eu assisto! E o melhor de tudo é que muita gente também se diverte com ele! Já são mais de 60 milhões de visualizações! Eu amo esse vídeo!

LINK: *https://www.youtube.com/watch?v=SjYZxqJXeOI&t=7s*

## #1
### Amigos Para Sempre

Em primeiro lugar está a gravação do nosso clipe Amigos Para Sempre! Foi muito legal gravar esse vídeo, não tenho nem palavras pra descrever! Ele tem uma mensagem superlegal, que ficamos muito felizes em dividir com você!

Sem contar que tivemos a participação do Arthur HB, que é muito especial pra gente e também conhecemos a Casa X, que é da Xuxa! Foi um dia inteiro muito divertido. Marcou o nossa vida para sempre! <3

LINK: https://www.youtube.com/watch?v=hrmCGjiOvPc

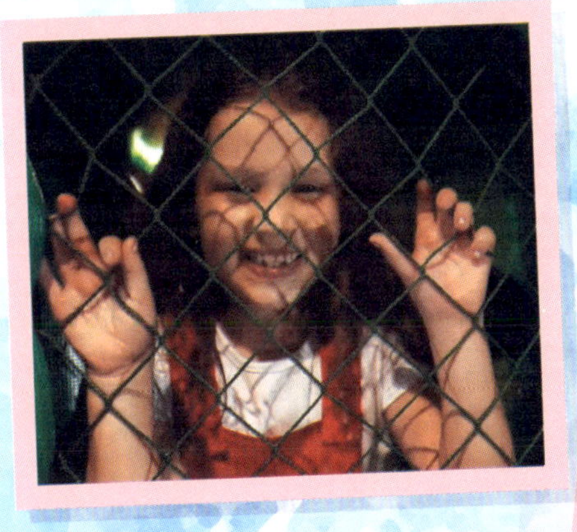

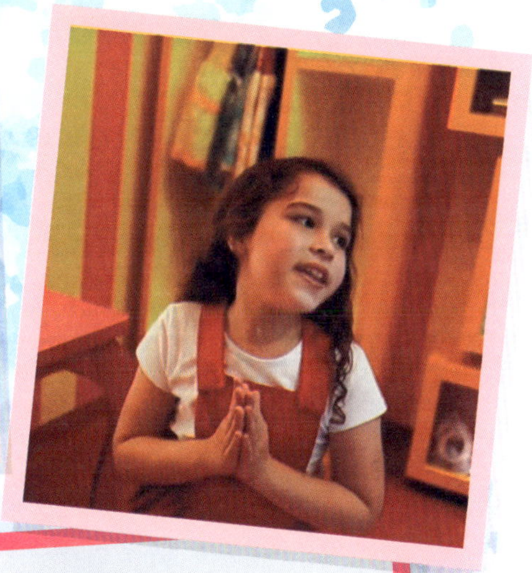

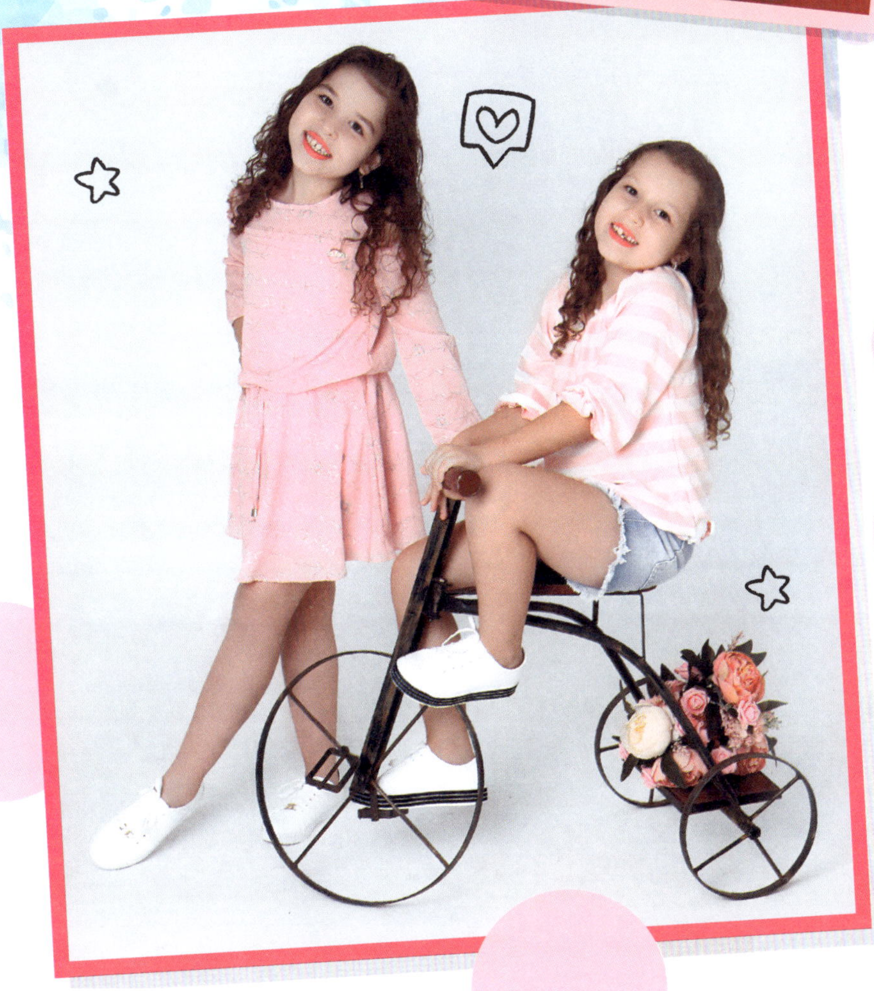

# AGORA É SUA VEZ!

Quais são os seus vídeos preferidos no canal? Aproveite esse espaço para fazer o seu TOP 10. Aqui só entram aqueles que você quer rever mil vezes! Ah, você já deu like e comentou cada um deles, né? Não? Então, depois que você acabar sua lista, corre fazer isso! ESTAMOS ESPERANDO VOCÊ! <3

# PASSATEMPO

Quem tem vontade de ser youtuber levanta a mão! O primeiro passo para realizar esse sonho é acreditar que pode dar certo e ter força de vontade para colocar suas ideias em prática. Preparada pra fazer acontecer? Então, aí vão CINCO DICAS TOPS das Marias para você arrasar no seu canal!

▶ Deixe a timidez de lado e se divirta sem medo do que os outros vão pensar!
▶ Mantenha a frequência de postagens para que seus amiguinhos não se esqueçam de você!
▶ Seja original e criativa. Não queira apenas copiar o que já existe, combinado?
▶ Tenha paciência. As coisas podem demorar um pouquinho para acontecer.
▶ Persista! Se esse é seu sonho, lute pra que ele seja sua realidade!

Pra você não se esquecer dessas dicas preciosas, encontre nesse caça-palavras os destaques do texto acima! Valendo!

| P | A | C | I | Ê | N | C | I | A | X | T |
|---|---|---|---|---|---|---|---|---|---|---|
| E | X | F | P | H | Ç | R | T | N | L | I |
| R | Z | Y | K | A | K | I | S | O | P | M |
| C | Ç | I | T | R | Z | A | C | A | Q | I |
| I | S | P | A | H | B | T | J | Ç | D | D |
| S | B | O | R | I | G | I | N | A | L | E |
| T | M | Q | A | X | N | V | U | X | A | Z |
| A | X | Z | A | B | Q | A | D | H | N | T |
| F | R | E | Q | U | Ê | N | C | I | A | K |

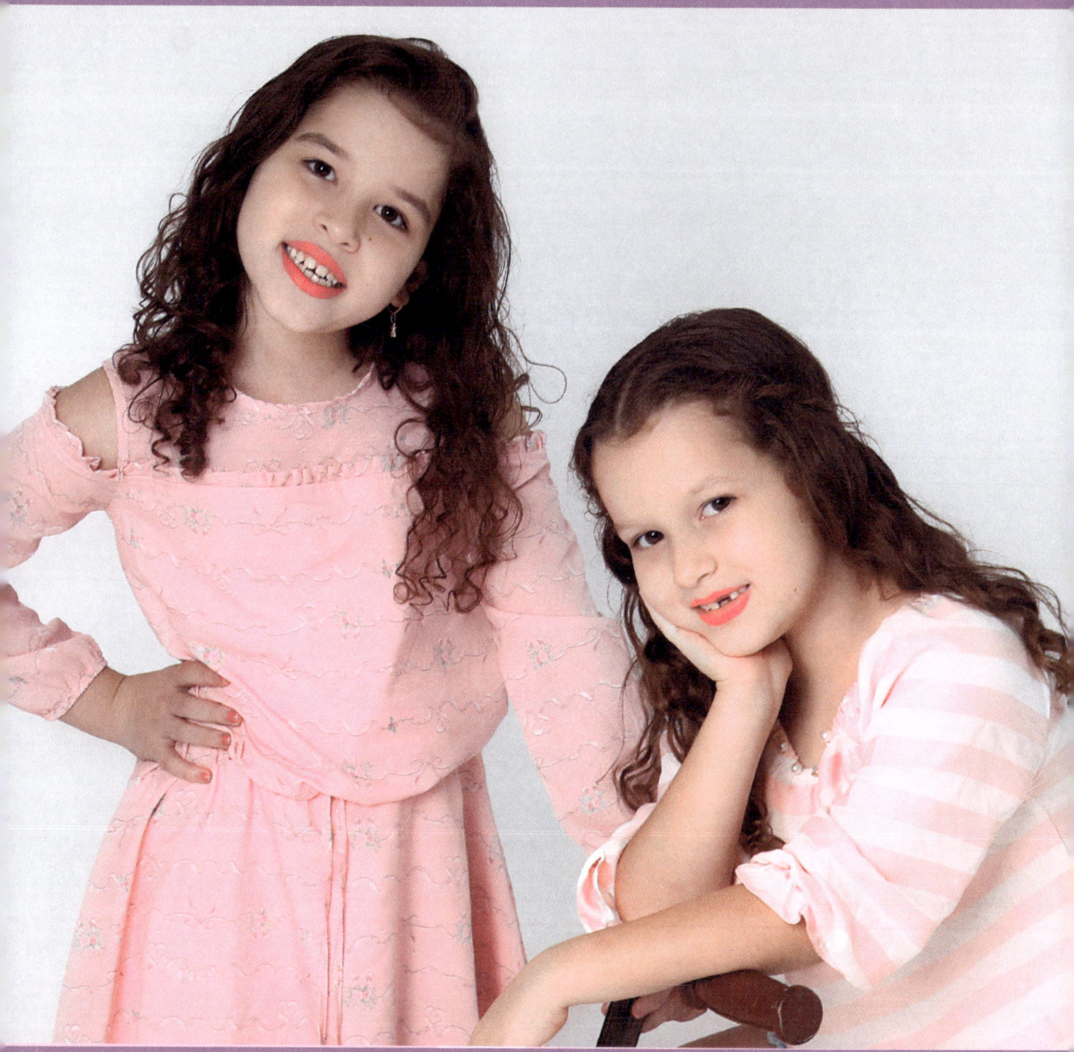

# capítulo 6

## UMA BRINCADEIRA POR DIA

> E agora vamos conversar sobre mais um tema que a gente ama muitão...

> Duda, eu estava muita ansiosa por esse capítulo! Passei dias pensando nas melhores ideias para dividirmos no nosso livro!

> Eu também, Clara! E acho que estamos com tantas opções, que poderíamos escrever um livro todinho sobre isso!

> Mas que ideia de gênia! Será que é melhor a gente desistir desse capítulo e começar a trabalhar no nosso próximo livro? Pensei que ele poderia se chamar...

> Clara, desce da nuvem! Uma coisa, ou melhor, um livro de cada vez, né? E a gente ficou aqui tagarelando e nem contamos sobre o que vamos falar!

Eita, desculpa, Duda! Eu me empolguei um pouco demais. Sabe como é, faz parte do meu jeitinho! Mas vou tentar manter o foco: esse capítulo é sobre brincadeiras!

Mais do que qualquer brincadeira, temos aqui um guia para você fazer uma brincadeira diferente por dia! Vai dar pra aproveitar as férias do meio do ano sem repetir nenhuma!

Mas algumas são tãooo legais, que dá vontade de brincar todo dia. Se bem que todas são incríveis, não sei se dá pra escolher... Quer saber? Continua com a leitura e depois você conta pra gente!

# É UM, É DOIS, É TRÊS!

## A BRINCADEIRA COMEÇA JÁ!

## 1 DIVERSÃO NA COZINHA

Preparar um bolo pode ser muito legal! Nós adoramos sucos refrescantes e bolachinhas decoradas! Só não se esqueça de pedir a ajuda de um adulto! Cozinha é divertida, mas também pode ser perigosa, combinado?

## 2 TOP VIDEOCLIPES

Passar o dia curtindo as suas músicas preferidas e assistindo aos vídeos dos seus artistas mais queridos é mais que demais, não acha? Só tem uma coisa: as músicas das Marias têm que estar nessa palylist!

## 3 FESTA DO PIJAMA

Chame as suas melhores amigas para uma noite inesquecível com direito a pantufas, almofadas e muitas gargalhadas! Quer uma dica pra essa festa ser muito TOP: batalha de travesseiros fofinhos!

## 4 GUERRA DE BEXIGA D'ÁGUA

Se for pra fazer guerra, que seja de bexiga d'água! Nada melhor para os dias de calor do que se refrescar nesse pega-pega molhado! Só tome cuidado para não escorregar: brincar na grama é uma ótima opção!

## 5 CAMPEONATO DE DANÇA

Solte o som e a criatividade para dançar suas músicas favoritas. Para a brincadeira ficar mais legal, cada participante leva o nome de três canções. Vocês misturam todas e vão sorteando uma por vez para ser apresentada!

## 6 JOGO DE MÍMICAS

Essa brincadeira é clássica e faz a gente morrer de rir! Para inovar, escolham um tema diferente para as mímicas. Quer uma sugestão? Canais do YouTube! Que mímica você faria para Hoje é Dia de Marias, hein? #curiosas

## 7 ACAMPAMENTO NO QUINTAL

Você não precisa ir para longe de casa para viver uma grande aventura! Acampar no quintal é o suficiente! Faz de conta que você está no meio da Floresta Amazônica ou onde você sonhar. A curtição está garantida!

## 8 SESSÃO PIPOCA, COM DIREITO A MUITOS FILMES

Rever nossos filmes preferidos é um dos passatempos que mais amamos. Junte a galera da sua casa e faça uma sessão-cinema com direito a muita pipoca! Só não vale brigar pra escolher qual filme vai passar primeiro!

## 9 DIA DE BELEZA

Você já sabe que somos muito vaidosas, né? Por isso, brincar de salão de beleza é com a gente mesmo! Adoramos criar penteados, pintar as unhas, fazer uma make bem colorida! Apostamos que você vai curtir super também!

## 10 DESFILE DE MODA

Quem nunca sonhou em arrasar nas passarelas? Para essa brincadeira ficar ainda mais divertida, uma coisa não pode faltar: sapatos e colares da mamãe! Peça com jeitinho que com certeza ela vai dizer sim!

## 11 QUADRO PRESENTE

**AMEI!**

Que tal soltar a artista que existe em você e criar um quadro para alguém especial? Você pode fazer em uma cartolina e usar vários materiais diferentes, tipo pedaços de tecido, paetês, guache e claro, muuuito glitter! Quem sabe você não manda essa obra de arte pra gente? #jáqueremos

## 12 TEATRINHOS

Dar vida a diferentes personagens é pura diversão. Deixe a imaginação voar solta e viva histórias maluquinhas. Se você precisar de ideias para começar, o próximo capítulo vai te ajudar!

## 13 DIA DE PIQUENIQUE

Lanchinhos, frutas, sucos e uma toalha xadrez. Pronto, seu piquenique já está armado! Escolha um lugar bem bonito e aproveite um dia especial em meio à natureza!

## 14 ESCOLINHA

Tem dias em que dá uma preguicinha de ir para o colégio, mas para brincar de escolinha não tem tempo ruim! Até porque você pode escolher matérias bem divertidas como Ciências do YouTube. Queremos participar dessa aula, tá?

## 15 DESENHOS E PINTURAS

Escolha suas cores favoritas e passe um tempo desenhando e colorindo. Às vezes, ficar quietinha e concentrada em um passatempo como esse é tudo do que a gente precisa!

## 16 DIVIRTA-SE COM SEU ESPORTE FAVORITO

Nada como gastar energia praticando aquele esporte que você adora! E o melhor de tudo, isso é uma brincadeira! Não tem problema se você joga mal, o importante é se divertir bem!

## 17 BRINCADEIRAS AO AR LIVRE

A gente sabe que passar horas assistindo a vídeos no YouTube é mais que demais, mas nossa sugestão para hoje é que chame seus amigos para uma tarde desconectada. Vocês vão descobrir que o mundo real também é muito empolgante!

## 18 LEIA SEU LIVRO PREFERIDO

Você não tem vontade de se teletransportar para outros lugares? Essa mágica acontece quando embarcarmos em um livro. Por exemplo, agora mesmo, você está aqui em casa, batendo esse papo conosco. Tá legal demais, né?

## 19 VIDEOGAME

São tantos jogos irados que fica impossível escolher um só. Jogar videogame é superlegal – e fica ainda melhor quando estamos com nossos amigos! Pra potencializar a diversão, quem perde a partida tem que pagar um mico!

## 20 JOGOS DE TABULEIRO

Nem só de games virtuais se faz um bom jogador! Jogos de tabuleiro também podem render ótimas tardes. Chame a galera e juntem vários jogos diferentes para o tédio passar bem longe de vocês!

## 21 BRINCAR COM BICHINHOS DE ESTIMAÇÃO

Bichinhos de estimação estão entre os melhores amigos que podemos desejar. E se você não tem um pra chamar de seu, brinque com o da sua best, com o da titia ou com o da vovó... Com certeza você tem um amigo pet doidinho pra brincar com você!

## 22 DIA DE SER UMA SUPER-HEROÍNA!

A gente sonha em ser princesa, mas também estamos prontas para salvar o mundo com nossos superpoderes! Qual deles você queria ter? Escolha os seus e prepara-se para a missão super-heroína!

## 23 TCHIBUM!

Chegou a hora de brincar na piscina! Pode ser no clube ou na de plástico no quintal de casa: água é sinônimo de diversão. Mas, vem cá, é preciso que um adulto esteja de olho para evitar acidentes, combinado?

## 24 OUVIR MÚSICA

Tanta diversão pede uma pausa para recarregar as energias. E se for pra ficar de bobeira, que seja ao som das suas músicas preferidas. Faça uma playlist e curta no volume máximo! Só não pode incomodar os vizinhos! KKKK

## 25 CONVERSAR COM AS AMIGAS

Tem coisa melhor do que estar com suas BFFs? Tem dias em que não precisamos de nenhuma brincadeira, só queremos conversar e dar risada. Quer saber? Esse é um dos melhores passatempos que já inventaram!

## 26 BRINCAR NO PARQUINHO

Gangorra, balança, pula-pula ou escorrega? É difícil escolher um só, concorda? Então, vamos tirar essa tarde pra ir ao parquinho e brincar até cansar? Nós estamos dentro!

## 27 ANDAR DE BICICLETA

Com ou sem rodinhas, andar de bicicleta é incrível! Gasta energia, faz bem para a respiração, para a coordenação e traz mais um monte de benefícios! Bora dar um role na magrela?!

## 28 VERDADE OU DESAFIO?

Essa brincadeira dá o maior frio na barriga, mas rende ótimos momentos com a turma. Quanto mais amiguinhos toparem a jogada, mais legal será a rodada. Vai com tudo!

## 29 DIA DE FAXINA

Arrumar o seu cantinho pode ser muito legal! Chame sua best, coloque sua música preferida e mãos à obra! Seu quarto vai ficar ainda mais especial com tudo no lugar, pode confiar!

## 30 JOGO DAS IMITAÇÕES

Escrevam papeizinhos com o nome das pessoas que serão imitadas – vale todo mundo. Depois cada participante tira um e faz a melhor performance que conseguir para a turma acertar. É sempre hilário!

## 31 KARAOKÊ!

Pra encerrar o mês de brincadeiras, um karaokê não pode ficar de fora. Como já diz o ditado "quem canta seus males espanta". Tá esperando o quê pra pegar o microfone e arrasar, hein?

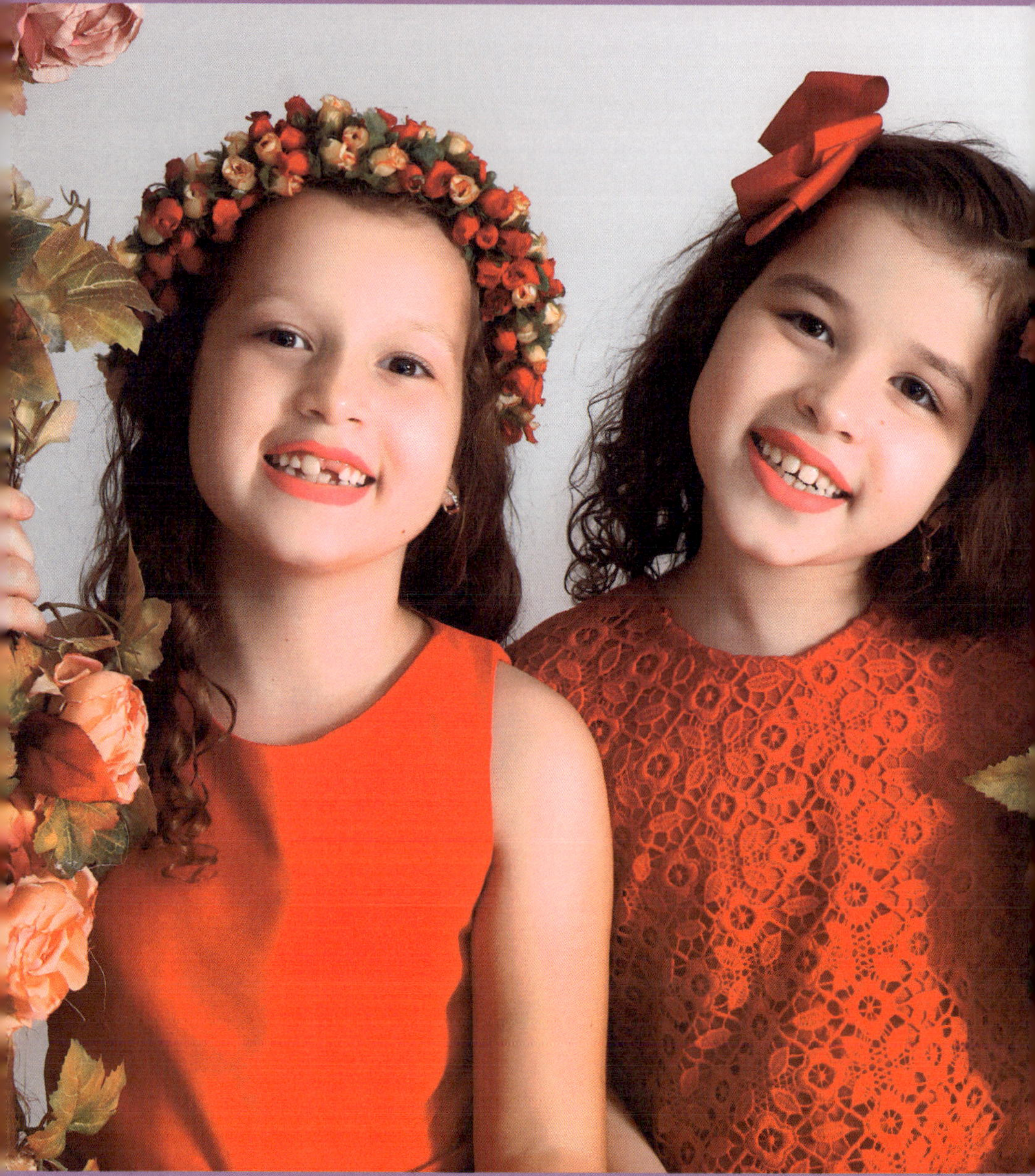

# capítulo 7

## LUZES, CÂMERAS, AÇÃO!

Agora vamos falar de uma das nossas brincadeiras preferidas! Você arrisca adivinhar qual é?

Vou dar uma dica: a gente vive brincando disso no canal! Agora tá fácil, não?

_____
_____

Se você pensou em teatrinhos, você acertou em cheio! Eles são nossos vídeos preferidos, com as gravações mais legais e divertidas de todos os tempos!

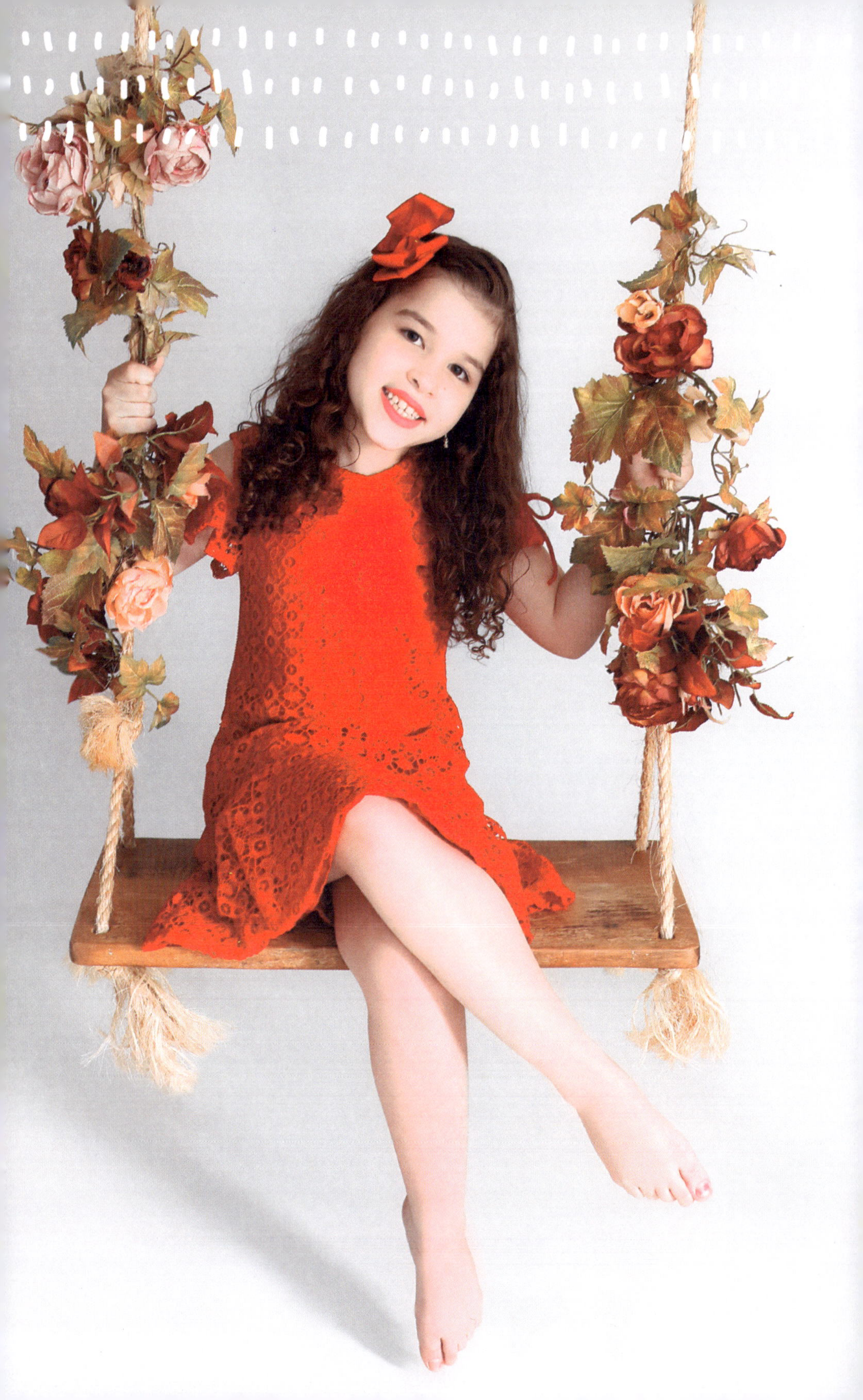

Calma, Clara! Segura a empolgação para eu explicar direitinho o que queremos dizer. Como a gente já disse, para um canal dar certo, a gente precisa levar a sério as gravações. Mas isso não quer dizer que a gente não se diverte. Na verdade, eu acho que a gente só deu certo porque a gente se diverte muuuuito. Faz sentido?

Lógico que sim, Duda! Somos crianças, lembra? Tem que ser divertido mesmo!

Eu sei, Clara! O que eu estou tentando explicar é que, apesar de parecer que a gente está interpretando um roteiro, também estamos brincando!

Ah! Posso falar? Às vezes eu até esqueço que não é uma brincadeira!

E você acha que eu não sei? KKKK! Mas agora, vamos contar tudo o que acontece por trás das câmeras até os teatrinhos irem ao ar! São muitas etapas até o conteúdo ficar pronto para você assistir no YouTube!

Tudo começa com uma boa ideia, que pra falar a verdade, às vezes, nem parece tão boa assim...

**Nunca pense que sua ideia não é boa o bastante para ser colocada em prática! Com força de vontade tudo pode dar certo!**

Muita gente nos pergunta de onde vem a inspiração para os nossos vídeos e não temos uma resposta exata. Eu gosto de dizer que, em casa, nós respiramos vídeo, ou seja, as ideias vêm a qualquer hora, de qualquer lugar!

Pode ser ouvindo uma música, assistindo à televisão ou quando a gente está vendo outros vídeos. Vire e mexe, estamos chamando a mamãe pra dizer que tivemos uma nova ideia e o mais legal é que todo mundo entra na onda! O papai e a mamãe também são cheios das ideias!

Geralmente, o primeiro passo é escrever o texto, tipo um rascunho da ideia. Nossa roteirista oficial é a mamãe. Modéstia à parte, ela arrasa, né, gente? Mas vou contar uma coisa, de vez em quando, eu mesma escrevo essa primeira parte. Eu adoro colocar as ideias no papel!

E fala sério, gente, a Dudinha também arrasa super, né? #soufã Essa parte de escrever eu passo. Não consigo ficar focada por muito tempo... Alguém se identifica?

( ) Me identifico total!
( ) Sou focada como a Duda!

Falando em foco, depois que temos o roteiro é hora de começar a diversão, ou seja, a gravação!

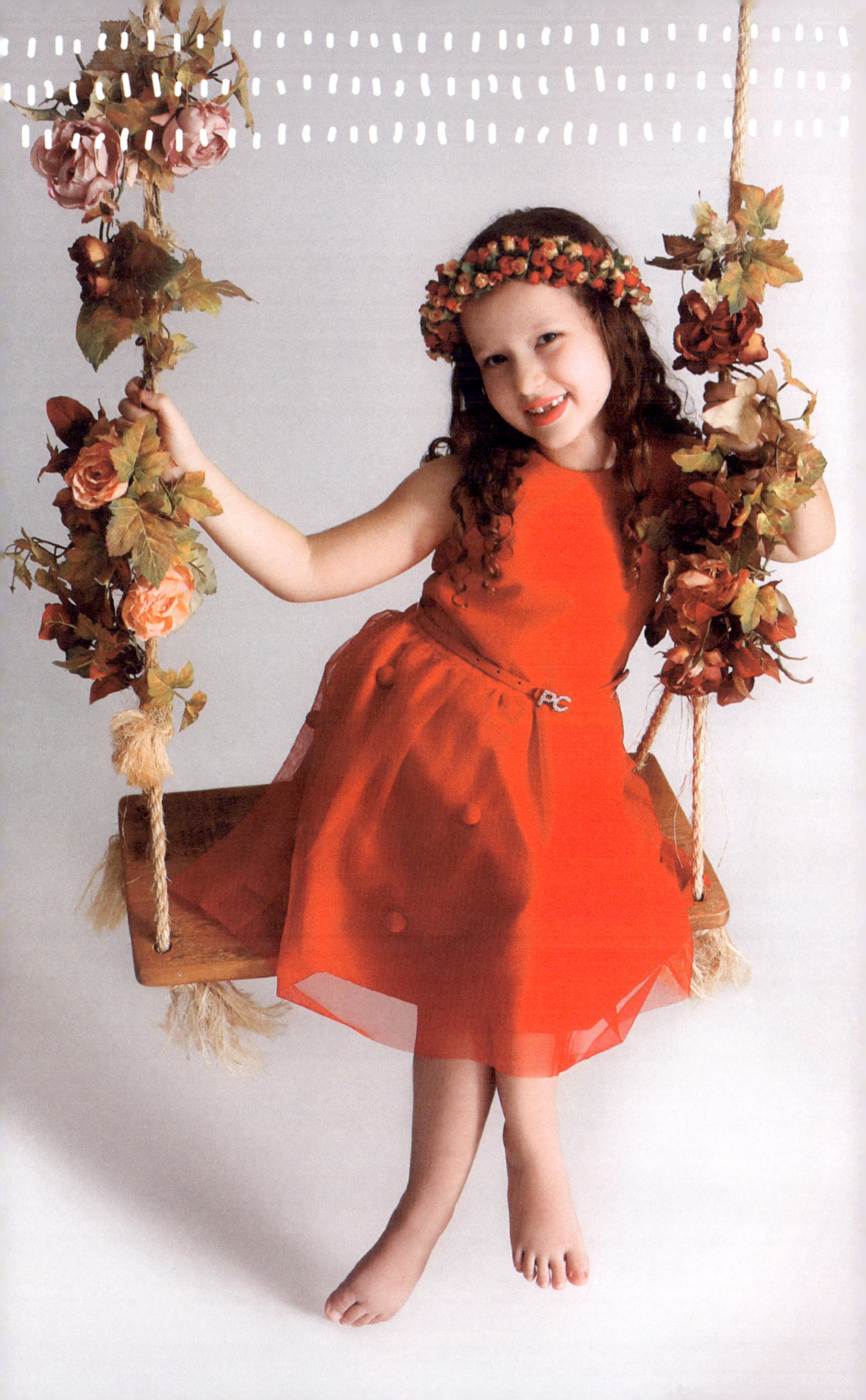

# LUZES, CÂMERAS, AÇÃO!

Se você está pensando que as gravações acontecem certinho, de acordo com o roteiro, vamos ter que desapontá-la: na hora H, não tem texto decorado que sobreviva ao nosso improviso!

Isso é verdade. E acho que muitos youtubers vão se identificar com essa situação: a gente prepara um roteiro perfeito, superlegal e quando vamos gravar, a história acaba tomando um caminho diferente. Durante a gravação, a gente acaba seguindo praticamente nada do roteiro!

E fica muito melhor do que o previsto! Acho que é porque fica mais natural. É como se as personagens e a história ganhassem vida própria. É um pouco maluco e muito divertido!

Uma coisa que a gente costuma falar em casa e que serve de dica pra você que sonha em ter um canal: o importante é começar! Às vezes, você perde um tempão pensando em como vai fazer, estudando a melhor forma de colocar suas ideias em prática, sem coragem de dar o primeiro passo. Só que quando você começa, a inspiração vem e tudo começa a funcionar.

Não precisa ser a melhor ideia do mundo pra você começar. E tem mais, se der errado, pelo menos você tentou e se divertiu, não é? Tá valendo do mesmo jeito!

Uma coisa legal de fazer os teatrinhos é que a gente pode interpretar vários personagens diferentes! Eu adoro! Quem sabe quando a gente crescer não vai para a televisão? Você ia gostar dessa ideia?

( ) Gostar? Eu iria amar super!
( ) Prefiro ver as Marias no YouTube.

Sabe, o que eu acho mais legal? Que muitos dos amiguinhos do canal dizem que a gente leva jeito! Acho que é porque a gente faz com muito carinho, né?

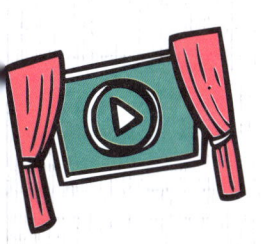

Outra coisa que eu amo nesses vídeos, é que podemos chamar todo mundo pra participar: o papai, o vovô, nossos amiguinhos. A mamãe e o maninho não gostam de aparecer, mas eles nos dão muito apoio por trás das câmeras.

Todo mundo pode participar, mesmo quem tem vergonha!

Clara, qual foi o personagem que você mais gostou de interpretar?

Nossa, Duda! Essa pergunta é muito difícil! Acho que a minha preferida foi aquela boneca na loja de brinquedos que era viva, lembra?

## REVEJA!

Se você quer ver ou rever o vídeo com a personagem preferida da Clara, use o QR code abaixo ou digite esse link aqui: *https://www.youtube.com/watch?v=clbHfKASKnA* Aproveite, deixe seu like e comente qual é a sua personagem favorita do nosso canal!

Claro! Esse vídeo é demais! Boa escolha! A minha foi a menina abandonada, personagem do vídeo que ficou em nono lugar no nosso ranking. Mas todas são especiais: por isso é tão gostoso gravar os teatrinhos!

Falando nisso, agora, que já contamos como nossas novelinhas funcionam, que tal você se transformar na personagem principal e criar sua própria história? A gente vai te ajudar, com um roteiro superdivertido! Espia só!

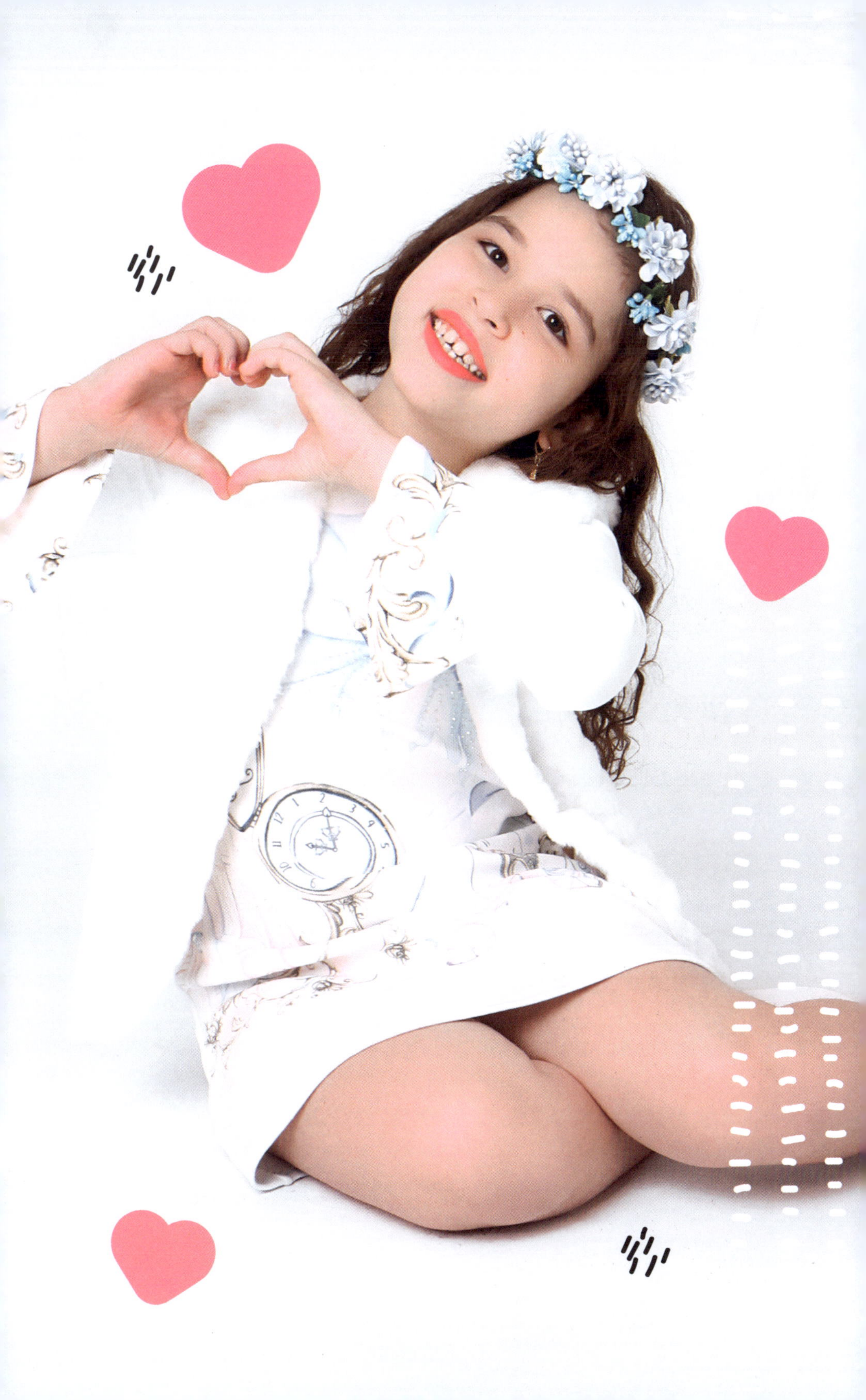

# SILÊNCIO NO ESTÚDIO...
# GRAVANDO!

## A MENINA QUE QUERIA FALTAR À ESCOLA

**CENA 1**

O despertador tocou de manhã e a menina não queria sair da cama. Ela desligou o despertador e continuou dormindo, como se não houvesse amanhã.

**CENA 2**

O pai da menina *(pode ser a mãe, ou o vovô, quem você quiser!)* percebe que ela está atrasada e vai tentar acordá-la. Como ela não quer ir pra escola de jeito nenhum, ela diz que está se sentindo muito mal e acha até que tem febre...

**CENA 3**

O pai fica preocupado, sai do quarto e volta com um termômetro para medir a febre da filha. Ele a deixa sozinha com o termômetro e vai pegar um chá... Enquanto isso, a menina resolve esquentar o termômetro no abajur para o pai achar que ela está realmente doente...

## CENA 4

Quando o pai volta e vê o termômetro fica muito preocupado com a filha e diz para ela ficar descansando para sarar bem depressa. Então, ele deixa a menina dormindo e sai do quarto. Assim que fica sozinha, a menina começa a pular na cama de alegria, afinal, ela conseguiu faltar na escola...

## CENA 5

Depois de dormir por mais algum tempo, a menina está entediada. Ela pega então o celular e descobre que hoje é dia de acampamento na escola! Ela tinha se esquecido desse evento! Vai ser demais! Ela não pode perder isso por nada!

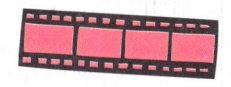

## CENA 6

A menina sai do quarto toda arrumada, com uniforme da escola e encontra com o pai na sala, que está vendo TV. Ele fica preocupado ao ver a filha fora da cama. Ela diz que já está melhor, pronta para ir para a escola. O pai diz que de jeito nenhum! Ele inclusive já chamou um médico para examiná-la – e possivelmente, para baixar a febre, só com uma injeção! E agora? Nisso, a campainha de casa toca... A menina fica em pânico, será que é o doutor?!

Esse roteiro está muiiito legal, mas agora é com você! Solte a imaginação e invente o seu próprio final para a história da "Menina que queria faltar à escola"!

Eu estou muito curiosa! Será que a menina vai conseguir convencer o médico de que ela não tem nada ou vai acabar tomando a injeção, hein? Estou cheia de ideias!

Eu também estou pensando em uma reviravolta bem mirabolante. Quer saber, Clara, acho que nós também precisamos terminar essa história, que tal?

Eu ia sugerir isso mesmo! Vamos gravar já!

Então, fica assim: você assiste à nossa versão e conta pra gente a sua! É só postar usando a hashtag #TeatrinhodasMarias. Nem preciso dizer que vamos amar saber como você terminou esse roteiro!

E agora, você pode usar o QR Code aqui debaixo para ver o nosso vídeo, exclusivo para quem tem o livro, tipo assim: feito especialmente pra você! Só não se esquece de deixar seu like e comentar se você curtiu, combinado?

Use esse QR code ou digite esse link aqui: https://www.youtube.com/watch?v=y6KIVPodk6A&feature=youtu.be

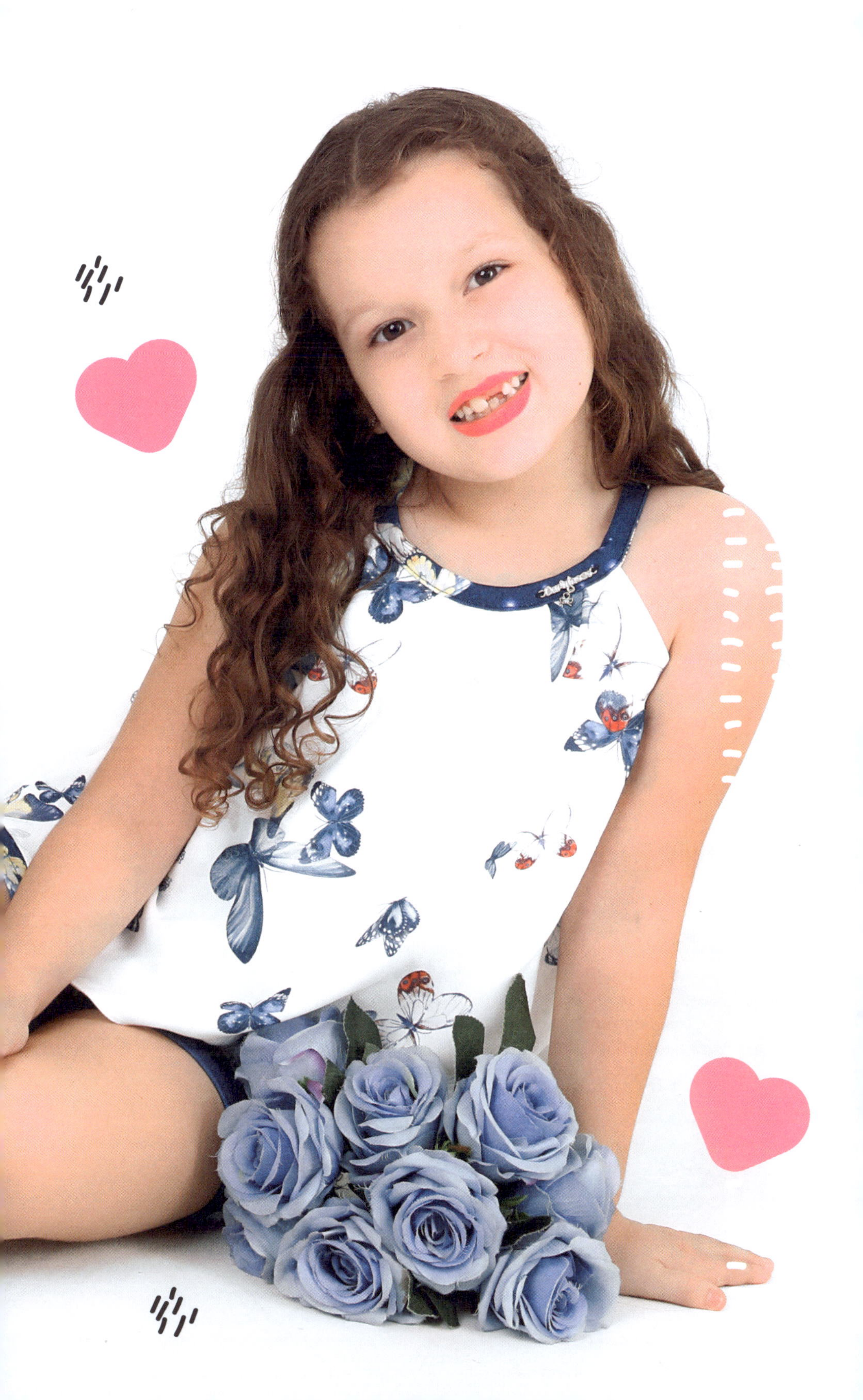

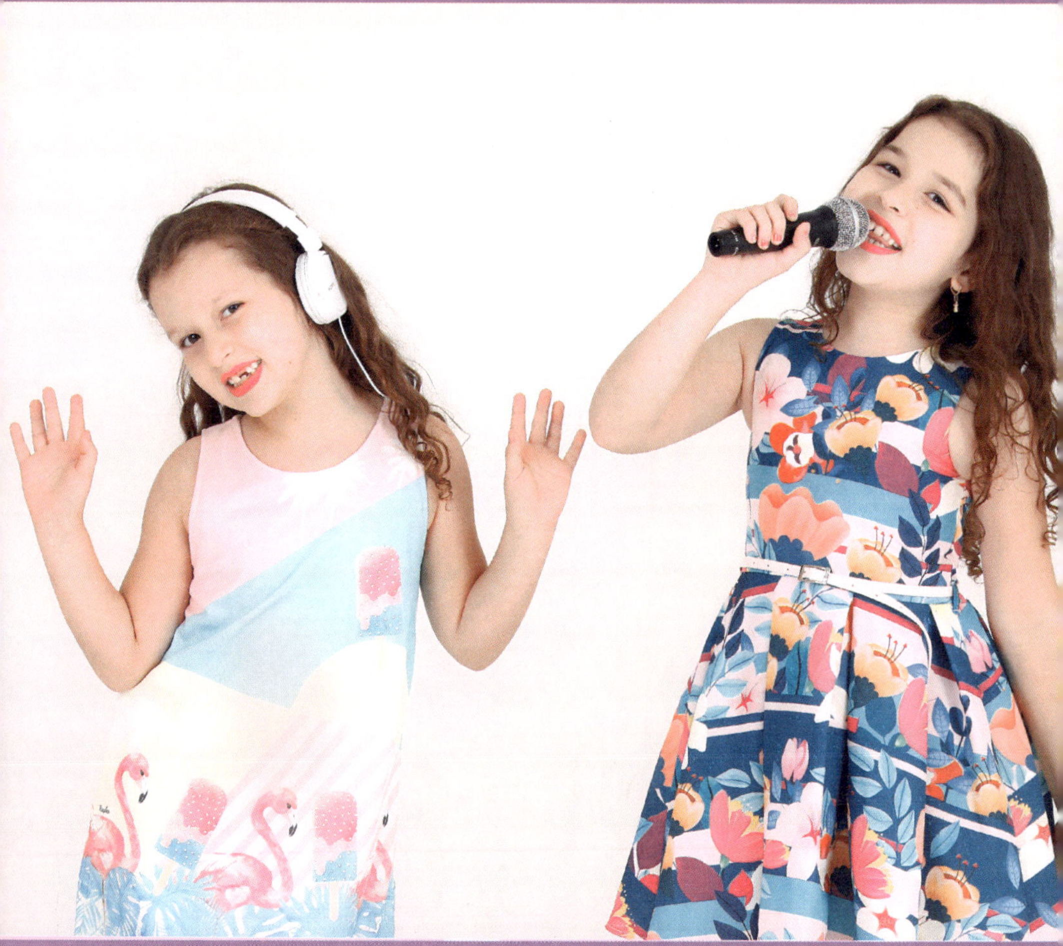

## capítulo 8

## CANTE COM A GENTE

Você que acompanha nossos vídeos e que está lendo esse livro, já sabe que o canal foi o maior sonho que realizamos. O que a gente não imaginava quando tudo começou, é que muitos desejos se tornariam realidade...

Tipo assim: a gente sonhava em ser youtuber. Aí deu certo. Mas a gente também queria ser atriz, aí vieram as novelinhas, que nos dão a chance de interpretar vários personagens. Mas tem uma coisa que a gente sempre quis fazer que é cantar e isso parecia mais difícil...

Exatamente! Porque a gente não podia cantar de qualquer jeito. Não que a gente faça as novelinhas de qualquer jeito, mas cantar parecia mais complicado, sabe?

Duda, todo mundo já entendeu que você nunca faz nada de qualquer jeito! Hahaha! Tudo tem que ser perfeito, né?

Perfeito, assim, nem sempre é possível, né? Mas tem que ser bem feito, o melhor que a gente conseguir. Nossos amigos merecem, não acha?

Claro que sim! E foi por isso que esse projeto demorou um pouquinho para acontecer, a gente estava preparando tudo para ser incrivelmente demais!

Você já sabe do que estamos falando, né? Das nossas canções! <3

A gente ama música e ter as nossas próprias foi um sonho lindo que se tornou realidade!

Eu acho que gravar as músicas foi uma das coisas mais legais que já fizemos! Eu amei cada segundo das gravações!

E além de cantar, pudemos dançar, que é outra coisa que a gente adora fazer!

E nós ensaiamos bastante antes de gravar os clipes. Clara, deixa eu contar uma coisa, eu achei que ia ser mais difícil aprender as coreografias, sabia? Estava com medo de não acertar o passo...

Ai, Duda! Eu não disse que você se preocupa demais? Eu estava superempolgada e achei que a gente ia aprender rapidinho. E foi assim mesmo, né?

Foi! Pra variar, nos divertimos muito durante os ensaios! E já que o assunto é música, que tal dar o play na sua canção preferida das Marias? Será que você consegue escolher uma só?

Ah, eu acho essa tarefa impossível, Duda! Todas são minhas preferidas!

É... Eu também não consigo escolher uma só! Canto todas de trás pra frente, o dia inteiro!

Agora me deu vontade de dançar! Solta o som, arrasta o sofá da sala, levanta o tapete e vem com a gente!

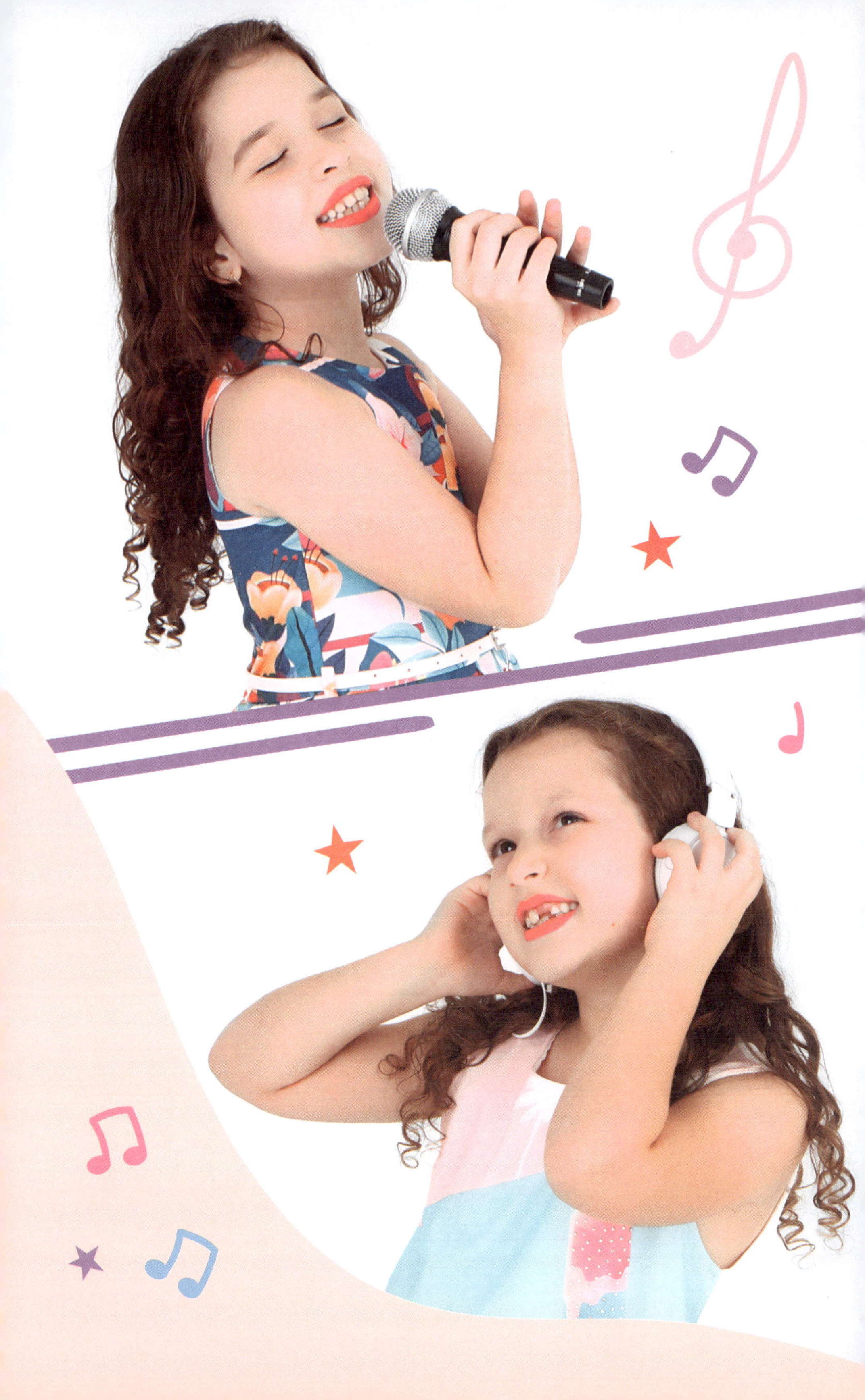

# PASSATEMPO

## DESAFIO MUSICAL

Complete os espaços com as palavras que estão faltando pra você ter a letra das músicas das Marias!

### ★ AMIGOS PARA SEMPRE ★

| | |
|---|---|
| Amigo | corpo |
| história | rodadinha |
| Remexe | família |
| rodadinha | unido |
| Deus | tudo |
| família | ele |
| ter | atenção |
| você | coração |
| graças | Já |
| escolheu | dentro |
| Amigo | dançar |
| like | rodopiar |
| Marias | divertido |
| longe | canal |

### DANÇA DA ALEGRIA

| | |
|---|---|
| Marias | muito |
| alegria | corpo |
| Hoje | braços |
| confusão | cabeça |
| brincar | mexe |
| amiguinhos | frente |
| convidar | Pula |
| estrelinha | voltinha |
| cambalhota | mexe |
| amarelinha | mexe |
| diversão | dança |
| vez | Vamos |
| alegria | ♪ |

# AMIGOS PARA SEMPRE

_____ que é amigo
Dá like e compartilha
Foi assim que eu comecei
A minha _____ aqui nessa telinha
Amigo que é amigo
Dá like e compartilha
Amigo que é amigo
_____ o corpo e dá uma _____

Eu dou graças a _____
Pela _____ que ele me deu
Eu dou graças a Deus
Por _____ unido você e _____

Eu dou _____ a Deus
Por tudo que ele me deu
Eu dou graças a Deus
Pelos amigos que ele _____
_____ que é amigo
Dá _____ e compartilha

Foi assim que eu conheci
O hoje é dia é dia de _____
Amigo que é amigo
Vem de _____ só pra ver as Marias
Amigo que é amigo
Remexe o corpo e dá uma rodadinha

Eu dou graças a Deus
Pela _____ que ele me deu
Eu dou graças a Deus
Por ter _____ vocês e eu
Eu dou graças a Deus
Por _____ que ele me deu
Eu dou graças a Deus
Pelos amigos que ele escolheu

Amigo que é amigo
Lhe dará um pouco de _____
Amigo que é amigo
Faz coração assim com o _____
Amigo que é amigo
Já mora dentro aqui do meu coração
Amigo que é amigo
Remexe o corpo e tira o pé do chão
E vem _____ com a gente
E vem _____
Amigo que é amigo
Na nossa festa não pode parar
De assistir nossas histórias
Que com certeza vão te emocionar
Vai ser tão _____
No meu _____ quero te encontrar

Composição: Rafael Gomes e Meire (mamãe das Marias)

Tarefa concluída, bora assistir ao vídeo? Você já sabe, é só digitar o link ou usar esse QR code!

LINK: *https://www.youtube.com/watch?v=hrmCGjiOvPc*

## SE LIGA!

Vem muuuito mais música por aí! Fique ligada no nosso canal que nossas aventuras musicais estão só começando! UHUUUUL!

# DANÇA DA ALEGRIA

Hoje é dia de ▬▬▬
Com ▬▬▬ e diversão
▬▬▬ é dia de Marias
Aqui não pode ▬▬▬

Hoje só pode ▬▬▬
Meus ▬▬▬
Eu vou ▬▬▬

Hoje é dia de dar ▬▬▬
Virar ▬▬▬
Pular ▬▬▬
Vem que a ▬▬▬
vai começar

Vamos lá, mais uma ▬▬▬
É a dança da ▬▬▬
que chegou

Pra nos divertir ▬▬▬
Relaxa o ▬▬▬
Solta os ▬▬▬
Solta a ▬▬▬
E ▬▬▬

Pula pra ▬▬▬
▬▬▬ pra trás
Dá uma ▬▬▬
E agora ▬▬▬ mais

Mexe, mexe, ▬▬▬
Com a ▬▬▬ da alegria
▬▬▬ se divertir

Composição: Felipe Bide e Meire (mamãe das Marias)

Agora, bateu aquela vontade dançar, confere? Então, só se for agora! Acesse o vídeo e tira os pés do chão com a gente!

LINK: *https://www.youtube.com/watch?v=i1q-ClV4rAw*

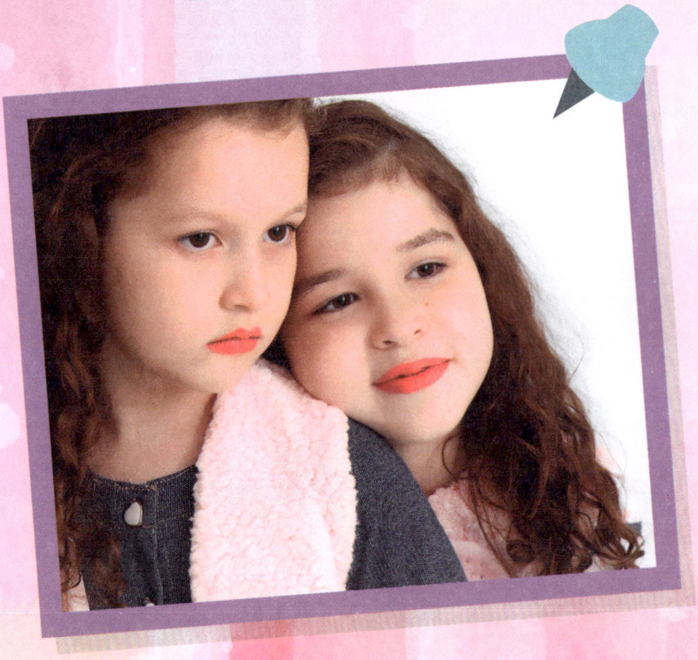

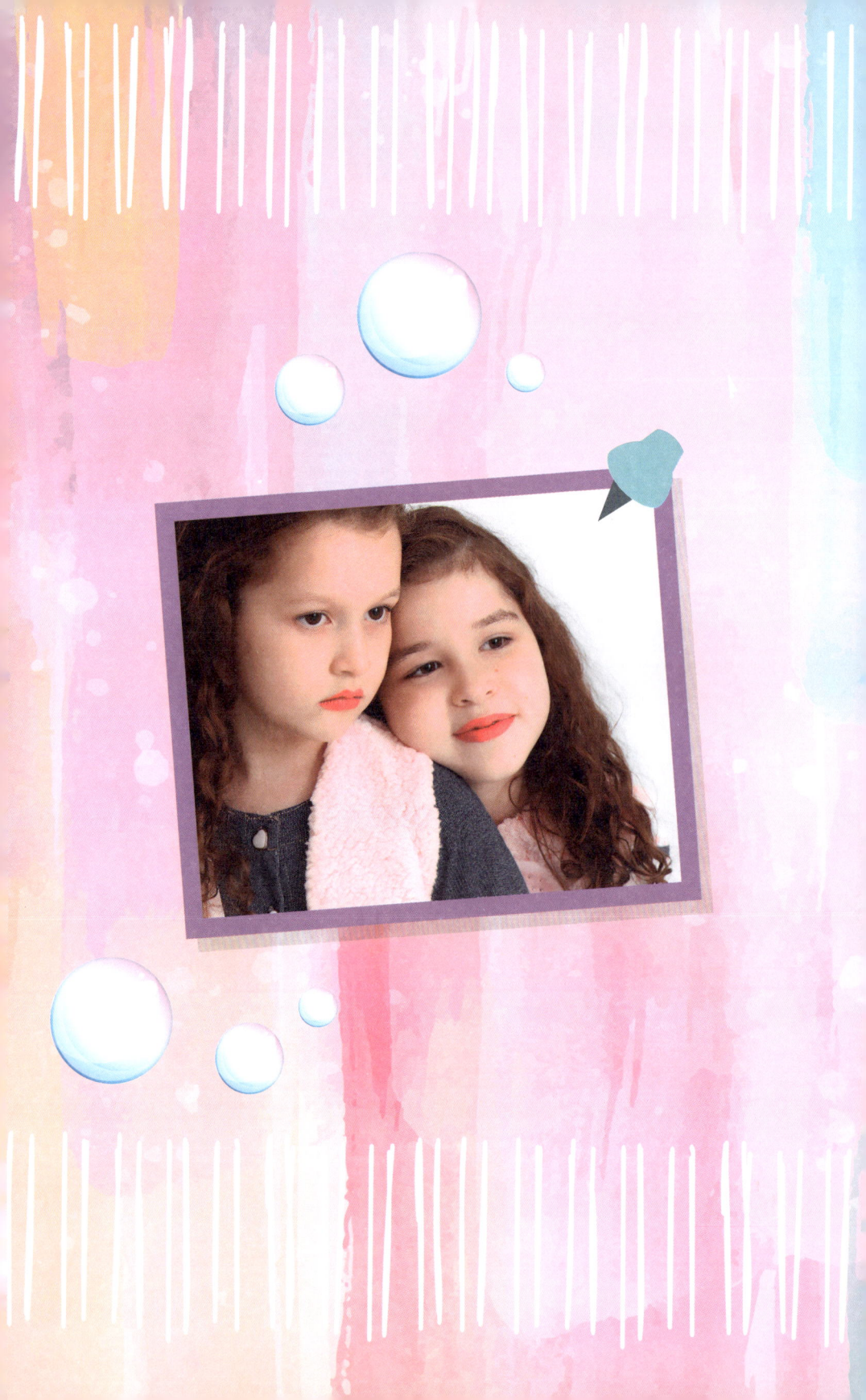

## capítulo 9

# A HORA DO TCHAU

> Eu não acredito que nosso livro tá acabando! Passou muito depressa, Duda...

> É verdade, Clara... Eu também achei que foi rápido demais da conta. Mas quer saber, isso é um bom sinal...

> Bom sinal? Como assim? Eu queria mais, muito mais!

> Por isso mesmo que é bom! Você, que mergulhou nessas páginas com a gente, também ficou querendo mais? Pois tem muito mais esperando por você no nosso canal! Eu prometo que ainda vamos viver muitas emoções. A diversão não para!

> É verdade! Temos um montão de ideias para colocar em prática e só precisamos de uma coisinha para fazer acontecer: promete que vem com a gente?

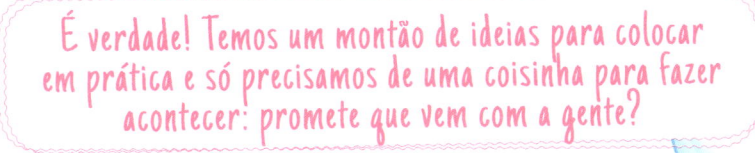

Isso mesmo! Foi o seu amor que nos trouxe até aqui! Foram as curtidas, os comentários, as visualizações. Se você estiver ao nosso lado, chegaremos ao infinito!

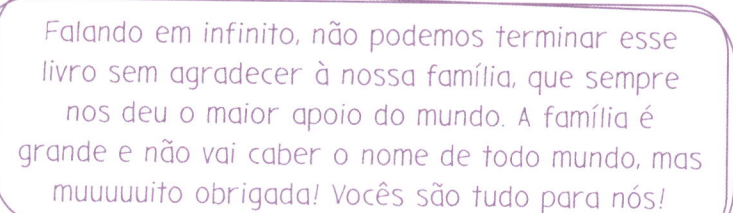

Ao infinito e além!

Falando em infinito, não podemos terminar esse livro sem agradecer à nossa família, que sempre nos deu o maior apoio do mundo. A família é grande e não vai caber o nome de todo mundo, mas muuuuuito obrigada! Vocês são tudo para nós!

Falando em tudo, mamãe, papai e maninho, vocês são o maior presente das nossas vidas. Eu não tenho palavras pra descrever o quanto amamos vocês. Vocês são a maior benção que já recebemos! <3

Falando em benção, não poderemos ir embora sem agradecer a todos os nossos amigos, especialmente ao Arthur HB e a Nicole Dumer, que são verdadeiras bênçãos em nosso caminho e sempre nos inspiram, apoiam nossos projetos e estão prontos para nos ajudar! Vocês têm um lugar muito especial em nossos corações, viu?

Falando em especial eu quero agradecer a Deus por mais esse sonho realizado. Obrigada, Jesus, por nossa vida. Por sermos irmãs! <3 Que o Senhor abençoe todas as crianças que leram esse livro e permita que elas também realizem muitos sonhos.

Falando em sonho, é hora de partirmos para outras aventuras. Você está pronta, Clara?

Sim! Sempre pronta para nossas aventuras!

Então, é hora de dar tchau. Mais uma vez, obrigada por dividir conosco esse sonho! Tomara que tenha sido tão especial para você quanto foi para gente!

Nunca se esqueça: amamos você!

**BEIJOS E ATÉ A PRÓXIMA!**
Maria Clara e Maria Eduarda

**Título:** Hoje é Dia de Marias

Copyright © 2019, Marias
Todos os direitos reservados à Frieden e protegidos pela Lei 9.610 de 19.2.1998.
É proibida a reprodução total ou parcial sem a expressa anuência da editora.

Este livro foi revisado segundo o Novo Acordo Ortográfico da Língua Portuguesa.

**Coordenação editorial:** Thaís Coimbra
**Revisão:** Larissa Bernardi
**Fotos:** Studio e cia. e arquivo pessoal
**Diagramação e arte:** Adriane Souza
**Capa:** Adriane Souza

Dados Internacionais de Catalogação na Publicação (CIP)
Angélica Ilacqua CRB-8/7057

S236h
Santos, Maria Eduarda Rodrigues Aguiar dos
  Hoje é dia de Marias / Maria Eduarda Rodrigues Aguiar dos Santos, Maria Clara Rodrigues Aguiar dos Santos. – São Manuel, SP : Frieden, 2019.
  112 p. : il., color.

  ISBN: 978-85-92955-14-4

  1. Literatura infantojuvenil 2. Brincadeiras 3. YouTube (Recurso eletrônico) I. Título II. Santos, Maria Clara Rodrigues Aguiar dos

19-1153                                         CDD 028.5

1. Literatura infantojuvenil 028.5

Telefone: +591 7791 4954
(+55 14) 99167-9567
www.friedeneditora.com.br
E-mail: frieden.editora@gmail.com

© 2019 Frieden Editora

Primeira edição (Junho/2019)
Papel de capa: Triplex 300gr
Papel de miolo: Offset 120gr
Gráfica: Gráfica Mundo